像亞森・羅蘋一樣反應與思考

暢銷紀念版

史蒂芬・加尼葉 著
何桂育 譯

Agir et Penser comme ARSÈNE LUPIN

Stéphane Garnier

Stéphane Garnier

Agir et penser comme **Arsène Lupin**

獻給我的父母和姊姊
生命是一個不停歇的計畫

À mes parents et ma sœur,
Une vie est un projet sans attente

目錄 SOMMAIRE

目錄 SOMMAIRE

回到原點

羅蘋是一個神話。

莫理斯·盧布朗並非創造了他，而是發現了他。

在某種程度上，羅蘋比盧布朗更真實。

《偵探小說》（*Le roman policier*）

皮耶-布瓦洛（Boileau-Narcejac），一九六四

亞森・羅蘋到底是誰？

他是法國作家莫里斯・盧布朗（Maurice Leblanc）筆下的角色，於一九〇四年在法國《汽車報》（*L'Auto*）一篇標題為「一位紳士」的故事中初次登場。

隔年一九〇五年，在媒體投資人皮耶・拉菲特（Pierre Lafitte）的要求下，莫里斯・盧布朗為新雜誌《我全都知道》（*Je sais tout*）連載了一篇名為「亞森・羅蘋被捕」的小說，於是亞森・羅蘋這號人物正式誕生。

隨之而來的是一個爆炸性的成功，並接連地連載了十幾集。

至今一個多世紀以來，這個獨特的人物多次出現在電視劇、劇場、電影、動畫或各種模仿中。

令人驚訝的是，亞森．羅蘋在這些作品中都保有大眾喜歡的特色、天賦、迷人的性格和魅力。

他是個神話般的人物，既神祕卻又眾所皆知、在許多地方都很吸引人，他穿越了文化和時空，卻未曾過時。

為了呈現更好的亞森．羅蘋，他的某些性格或特點在不同的改編作品中也更具特色或突出，在忠於原作的前提下，羅蘋神祕的面向變得更豐富。

亞森．羅蘋是神話還是真實人物？

這是一個對許多人來說永遠沒有答案的問題。許多的傳說和故事豐富了作者莫里斯．盧布朗的靈感，包括人物角色，甚至姓名，因而創造了這位怪盜紳士。

作者透過亞森．羅蘋密友的視角來敘事，不是很令人感到焦慮嗎？亞森．羅蘋真的存在嗎？或者他只是作者的幻想？他是作者創造出來的人物，還是作者發現的人物？

我們可以懷疑亞森．羅蘋是否存在……也可以相信他活在某個地方。

而這個地方或許就在我們每個人的身上，這也是為什麼，我邀請大家在這裡發掘生活中的冒險和各種可能。

與亞森．羅蘋初相見

開始寫這本書之前，羅蘋問我：

「你曾經偷過東西嗎？」

「你問我曾經偷過東西嗎？有，一次。」

「你偷了什麼？」

「一支鋼筆，那是我十歲的時候。」

「然後呢？」

「我偷東西被發現了。」

「偷了一支鋼筆……我想這不是偶然。」

「正是！」

「你後悔嗎？」
「一點也不。」
「很好，只有對得起自己的良心，我才會下手行竊。」

寫在前面

你是否有亞森・羅蘋般的靈魂而不自知？

一個紳士的靈魂？一個誘人的靈魂？一個藝術家的靈魂？一個謀略家的靈魂？一個仁慈的靈魂？一個冒險的靈魂？一個單純的靈魂？一個美麗的靈魂！

或是為了追求個人的進步而深入研究自己？

你是否有像亞森・羅蘋一樣的特質而不自知？

或許有……

但是，如果不是這樣，亞森・羅蘋如何能為你的生活帶來不同的啟發，從根本上改變你？

看看你是否有以下特質……

·做其他人不做的事。

·敢於做其他人不敢做的事。

·懂得逆向思考。

亞森．羅蘋會為了找到新的方式而逆向思考。

想一些不可能的事，實現一些不可能的事，對他來說，這是唯一的挑戰，唯一成功的方式。

他運用慧黠和邏輯，理解大眾的思考方式，並將自己從後天習得的知識、集體的思維、陳腔濫調、本能反應中抽離出來，用和大家期待的不同方向行事。

相反地，羅蘋有時也會利用這點再逆向操作，比如他在監獄時，沒有將祕密物品或報紙藏在牢房裡的隱密處，而是直接放在床頭櫃的抽屜裡。當獄卒忙著翻開床墊和用放大鏡檢視牆壁上的每一個縫隙時，沒有人想到要打開這個抽屜。

儘管這是一個很明顯的風險，但當所有的一切都是成就計畫中的一環，對羅蘋來說就是一種回報。

亞森．羅蘋敢於承擔風險。甚至可以極端到為了在審判期間逃脫，利用了再熟識他不過的葛尼瑪探長的懷疑，讓他認定被告席上的人不是亞森．羅蘋。所有這些都取決於他的準備工作、變裝天分和對身邊人的操控。這是一場危險的賭注，如此地不可思議，而他卻贏了。

亞森．羅蘋是一個玩家、一個賭徒，但他謹慎計算所有風險，以自己和目標對象的輕信為賭注。

他用魔術師和雜耍的戲法來引起注意、製造錯覺和混亂，讓大家看到他想要呈現的，並隱身在幕後。

欺騙世界對亞森．羅蘋來說是一種藝術，也是一種遊戲。在這點上，他是非常不可思議的，因為他所下的每一步棋，總是按照他的計畫進行，並總是實現目標。

我們能跟他一樣嗎？

這個嘛……如果我們能向亞森．羅蘋學習跳脫思考框架，那麼或許能讓我們在為自己設定的計畫和生活目標中獲得成功？

什麼？學習一個小偷的思考方式？

沒錯，我想與你們分享，當我再次沉浸在這個大家都熟悉的角色的形象與文字中時，所發現的東西。

有沒有可能透過羅蘋的眼睛來重新發現、看待自己，並學會更好地認識自己？

並且向他學習：

要超越自我，是否需要透過變成另一個人之後，才能成為最終的自己？

羅蘋以他的行動回答我們生命中所有的問題。

誰沒有想像過自己是亞森　羅蘋？

當羅蘋已經為我們留下了「如何成為他」的指引，我們難道甘願只是做夢嗎？

> 「亞森．羅蘋不只是一本書，它是我們的文化遺產、我做人處事的方法、我的道路。我是羅蘋。」
>
> Netflix影集《亞森．羅蘋》*

譯注

二〇二一年一月於Netflix首播的《亞森．羅蘋》（Lupin — Dans l'ombre d'Arsene），是一部法國原創網路影集。本劇靈感來自法國作家莫理斯．盧布朗筆下的經典人物——亞森．羅蘋的精采冒險。劇中主角亞森．迪歐（Assane Diop），父親來自非洲的塞內加爾，移民至巴黎在富豪家當司機，卻被栽贓偷走主人家的昂貴項鍊，並在獄中含冤自盡。亞森．迪歐讀著父親送的《怪盜紳士亞森．羅蘋》小說，化身現代怪盜紳士，誓為父親報仇申冤。

羅蘋化你的生活！

羅蘋化你的生活是什麼意思？請和我一起說：

我羅蘋化、你羅蘋化、他或她羅蘋化、我們羅蘋化、你們羅蘋化、他們或她們羅蘋化。

要怎麼羅蘋化你的生活？

只要跟他一樣反應與思考就行了：設定一個目標，安排一個萬全的計畫，無論如何都要實現它。

在此之前，我建議你先想想：

一、你今天的目標是什麼？什麼讓你感到興奮？什麼對你來說是生命中不可或缺的？什麼是你真正想要的？

是在職場上肩負重責大任？是打破某項紀錄？還是徹底改變生活？自己當老闆？到世界各地旅遊？遇到人生中的真愛？開心地活著？超越自己？面對自己的恐懼？還是全部都要而且更多？

要確立目標，首先必須：

知道你真正想要的是什麼？

二、現在，你必須制定一個計畫，然後以亞森．羅蘋的方式來實現。

要確實做到這一點，在本書每個章節的最後，記錄下用什麼樣的羅蘋式態度、才能和思考方式才可以達成你的目標。

記下所有可以讓你實現計畫的行動與態度。

三、在本書的結尾，做一個總結。

按照時間順序，在你要進行的計畫中，一步一步安排所有的環節。

然後像亞森．羅蘋一樣，嚴格地按照計畫行事，在沒人發現的情況完成你的夢想。

你覺得不可能嗎？

所有戰鬥的勝利都是遵循計畫的。一擊必勝往往只是運氣。如果沒有像羅蘋一樣調整計畫，以因應每一個新的挑戰的話，好運不會一直存在。

注意

你可以在這個階段設定一個或多個目標，並在每個章節後記錄每個目標需求的要件。但就像我們常說的：有太多的目標會失去重心。

因此，必須決定今天哪個是優先事項，什麼是對你來說最重要的。把你所有的才能、意志和勇氣都投入其中，選擇學習和善用羅蘋的能力與天賦。

也許就像他一樣，成功就在路的盡頭等著你。

像亞森・羅蘋一樣反應與思考，
首先要超越常規，
然後制定大膽的計畫並實現你的目標。

Chapitre 1

亞森・羅蘋
構思不可思議的事情

Arsène Lupin conçoit l'inconcevable

這裡不但是庇護所，還是個理想的藏寶地。幾個世紀以來，歷代國王累積了巨額的財富，在洞穴裡堆放著境內的黃金、從人民手中搜刮的財產、來自教會的寶藏，以及得自戰爭的掠奪品……有誰會發現呢？針岩的祕密任誰都解不開。有誰會知道？絕對沒有人。

你錯了，羅蘋就知道！

眾所皆知，羅蘋有超乎常人的行事風格，沒有人能夠解釋他奇蹟式的行動，真相也一直不見天日。儘管他機智過人，但這並不足以讓他對抗整個社會，他一定需要實質的後盾。此外，他還必須有個安全的退路，確保自己不會受到法律制裁，且腦袋足夠冷靜來策畫行動。

除非以這座奇巖城來解釋，否則羅蘋就像個難以了解的神話、小說裡的人物，不存在於真實世界。他掌握了祕密，而且是個非同小可的祕密！其實，他和大家一樣也只是個凡人，唯一的差別，在於他懂得靈活運用天賦和才能。

《怪盜紳士亞森・羅蘋——奇巖城》

莫里斯・盧布朗，1909

為了實現無法實現的目標而構思不可思議的環節，這就是亞森．羅蘋的力量。

他的思考方式獨樹一格，和一般大眾的邏輯相反，而這正是亞森．羅蘋獨特的天分。

在他的字典裡沒有不可能，尤其是從沒做過的事。

就像本能一樣，他知道如何從既定的思維模式中跳脫出來，讓自己從不同於他人的角度，觀察周圍的人事物，再從這個特別的觀點，擬定計畫的第一步。

就這樣，亞森．羅蘋的形象深植人心。他就像擁有上帝視角的觀察者，饒富趣味的分析一切、看著人們手忙腳亂。

從這個理想的角度來看，羅蘋總是顧及局勢的每一個面向，從不遺漏任何要素，並為了達到目的不遺餘力。

有些事情之所以不可思議，是因為我們不只不懂得退一步思考，還對於周遭情勢或人們的互動與利弊得失缺乏知覺。

亞森．羅蘋會設想一切，尤其是我們沒注意到的事情，他洞悉全局，將觀察到的記錄下來，並將某些元素納入他的計畫中。他不放過任何微小的細節，因為那有可能就是解答，或翻轉情勢的關鍵。

構思不可思議的的環節？這對我們來說意味著什麼？意味著相信一切，相信一切都有可能發生。包括那些和我們成長的文化背景相反，或是和曾經接受過的教育相反的一切。

也許是時候，回到前幾頁看看你為自己設定的目標。因為我們都不習慣想得太深太遠。

根據你的願望設定目標，而不是按照你認為自己能力能否完成為基準。像亞森．羅蘋一樣，為自己計畫一個一直禁止自己做的事情。

如果有慾望，那麼你的計畫就會更刺激、更有動力。不知不覺中，你就有可能跟亞森．羅蘋一樣，實現幾分鐘前你覺得不可能的事情。

當內心有動力時，萬事皆有可能。

你的夢想夠遠大嗎？你的夢想夠美嗎？你的夢想是為自己還是為他人？

在我們慾望的階梯上，總是還有幾個階梯要爬。

如果你將目標定在總是渴望卻沒有說出口，甚至不敢向自己承認的高標該怎麼辦？

學著了解渴望，是對自己誠實，也是將自己重新定義在一個新的高度。

閱讀這本書，或許你的改變會像亞森在進入羅浮宮行竊前說的話一樣：

「你進去的時候是一個清潔工，出來的時候是一位百萬富翁。」*

譯注

引自Netflix《亞森·羅蘋》影集。主角亞森·迪歐發現導致父親含冤自盡的項鍊事件背後另有玄機，策畫精彩的羅浮宮竊案進行調查，現代怪盜紳士亞森·羅蘋的故事就此展開。

亞森．羅蘋低聲對我說……

「我們讓自己活著。

我們讓自己擁有幸福。

我們讓自己冒險……

否則我們就會死。」

達標計畫

什麼樣的態度、才能和思考方式可以成功達標？

記下達成目標所需的要件，

想想如何在計畫中善用這些要素？

Chapitre 2

亞森・羅蘋是位紳士

Arsène Lupin est un gentleman

我拿起大衣、報紙和火車時刻表，躲到隔壁的車廂。

車廂裡坐著一名女性，我注意到，她一看到我立刻顯得有些不愉快。她傾身靠向一名站在車廂和月台間階梯上的男士，毫無疑問是陪她到車站的丈夫。這位先先仔細打量我之後，顯然很放心，於是帶著微笑和妻子說了幾句，彷彿在安慰受驚的孩童。接著她也帶著微笑，並且以和善的眼神看了我一眼，似乎認定我是位紳士，她可以安心地和我在六呎見方的小車廂裡獨處兩個小時。

《怪盜紳士亞森・羅蘋——神祕旅人》

莫里斯・盧布朗，1907

作一位紳士，肢體上的優雅與精神上的優雅一樣重要。無論是女性還是男性，羅蘋都是用同樣的方式對待他所接觸到的人。

作一位紳士，首要是心態，這是當今幾乎消失的態度，作一位紳士不只是幫女士開門，或在天冷的時候把你的外套披在她的肩上。一位紳士必須是好的傾聽者，讓對方感覺自己是你唯一全心全意關注的人，並且能預知他最小的願望，這個能力我們之後再討論。

紳士不會阿諛奉承，他待人態度真誠，就是這種難以言喻的感覺，讓被他呵護的人心中浮現這種想法：「他真是位紳士。」

紳士不會強求什麼，而是靠他的魅力，他很有原則，也會接受其他觀點，他會提供陪伴、安慰和支持，但從不強加或濫用，總是恰如其分。

紳士有著一種天使般的態度，人們可以依靠他，同時又不會備感束縛。紳士是自由的，並且從不強迫自己或他人。

在Netflix影集《亞森・羅蘋》中，有一段克蕾兒*和亞森的兒時對話，對「什麼是紳士」給了一個很孩子氣但清楚的概念。

克萊兒對亞森說：「生活中有兩種人：野蠻人和騎士。野蠻人什麼都不在乎，他們不問青紅皂白就來侵犯你，另一種是騎士，有點像你，認為女性是脆弱的小東西，總是需要被保護。嗯，你知道嗎，很有趣，這二種都讓我覺得很煩。」

【……】

但是對於幾天後回到克萊兒身邊的亞森來說，還有第三種人，就是紳士。亞森・迪歐說：「一個除了真正在乎的事情以外什麼都不關心的人。一個會玩，但是尊重遊戲規則的人……那就是紳士。」

譯注

《亞森・羅蘋》影集中，克蕾兒（Claire）與亞森自幼一起在育幼院成長，是他的伴侶兼好友，是最了解亞森的人，與其生下一子。

在今日想成為一位紳士，有可能嗎？

如果我們相信人類語言、道德、價值觀和有時使用暴力溝通的演變，有一些懷疑是正常的。

而紳士的態度正好和上述的演變相反。

然而，紳士的精神仍然存在，就像某些物種總是存在著幾個標本。你一定認識幾位紳士，只是從未為他們貼上紳士的標籤。看看你的周圍……你認出他們了嗎？你為何會認出他們？因為他們和其他人不同。他們很親切、樂於助人、有禮貌，總是存在卻不讓人感到壓迫……轉瞬間，你就知道如何區分他們，即使在一群陌生人中，你也能感受到這些紳士之舉。是的，紳士仍然存在，幾乎看不見，卻又貨真價實地存在。

那麼，作為一位紳士有什麼好處呢？

可以確保在任何時候，都會像一隻稀有的鳥一樣，在一群粗魯和野蠻的人當中被注意到、被感覺到、被觀察到和被渴望。

無論你的目標是什麼，紳士的優雅精神只會讓你提升到最高的境界。

亞森．羅蘋低聲對我說……

「一位紳士從不說自己為什麼好，
自己為什麼是對的，
紳士不期望得到任何回報。」

達標計畫

什麼樣的態度、才能和思考方式可以成功達標？

記下達成目標所需的要件，

想想如何在計畫中善用這些要素？

Chapitre 3

亞森・羅蘋
總是超前部屬

Arsène Lupin prévoit, anticipe

「找出亞森・羅蘋留下的證據？我親愛的男爵先生，您難道不知道亞森・羅蘋絕對不會留下任何蛛絲馬跡嗎？他不可能有所疏漏！我現在不得不懷疑，當初在美國，他是不是故意讓我逮捕他！」

——葛尼瑪探長

《怪盜紳士亞・羅蘋——神祕旅人》

莫里斯・盧布朗，1907

在現場，只有事先計畫好的事情才會發生。包括那些無法估計和意想不到的情況，甚至連如何脫身都想好了。這或許就是我們所說的亞森．羅蘋作風。

沒有任何疏漏，沒有任何事能逃出他的掌控。

為了達成目的，羅蘋並不喜歡預設事情將會按部就班順利發展。他會預想所有情況，所有可能讓他的計畫陷入困境的突發狀況，並找到對應方法。

這是我們所有人在執行自己在意的事情時會犯的錯：只看到已經計畫好的、覺得對的地方。

我們常常不經意的規避所有可能阻礙計畫的變因，因為我們已經投入了太多的感情，導致大腦拒絕去預測最糟的情況——想像齒輪中進了沙子，運轉會有多卡。

想要超前部署，首先要保持冷靜的頭腦，從客觀的角度觀察情況。

但在面對自身的計畫時，這點就會變得相當困難，因為我們不想看到所有的弱點和風險。然而正因為這樣，我們才應該像亞森．羅蘋一樣，找出所有的問題以及解決方式。

所有事情發展的模式都一樣，都是曲折蜿蜒，而非一帆風順的直線前進。這就是為何要預想所有可能的情況，並知道如何在問題出現時馬上解決，以減少各種曲折，避免浪費時間和精力，

因為每個行動計畫都有潛在風險，一旦發生，足以讓事情失控，需要事先計畫與準備。

有一個幫你找出計畫中弱點和缺陷的簡單方法：在你身邊的親朋好友中找出一個「魔鬼代言人」——一個你信任、說話直截了當，而且對你的專業領域足夠了解的人，你可以向他陳述你的計畫。

這個人，他不會鼓勵你，不會對你阿諛奉承說：「太棒了！多好的想法！」而是分析你計畫中可能遇到的困難，並且提出質疑。

他將點出你的盲點，因為你總是專注在自己計畫中樂觀的部分。作為一個和你沒有利害關係的局外人，他才有辦法站在中立的角度，並且不停地問你：「如果……」如果發生這樣的情況……如果這樣需要更長的時間……如果你沒辦法得到……如果……

有些人，例如亞森．羅蘋可能不需要這種說話直截了當的人來客觀地預想計畫中所有的要素，但許多人都需要。一開始就會發現這是一個很困難的練習，這就是為什麼需要一個可以信任的人來為你分析局勢、避免犯錯。

如果說計畫與行動的先決是預先做好準備，那獲勝的關鍵就是預先設想周全。

亞森．羅蘋低聲對我說……

「預測就是預先規畫，找出別人沒有想到的事。」

和亞森．羅蘋對話

時間快接近午夜，我轉向羅蘋問他：

「我還能做些什麼？」

「為了什麼？」他對我說。

「為了做我自己，為了開心和笑口常開。」

「是什麼阻礙了你？」

「因為我總是想要更多。」

「想要創造更多，那是人性最高的慾望。」

「有時看一下人性的脆弱。」

「是的，脆弱，它使人盲目。你真的知道自己想要什麼嗎？」

「我想要成為更好的人，想要知道更多的事。」

「我們總是幻想著成為英雄。但誰知道自己能活多久？」

「沒人知道。」

「那麼等到明天就太晚了，明天是一個沒用的概念。」

「因此我們要預先規畫，就像你擬定計畫中的每一個細節，不是嗎？」

「是，但這些的準備和安排全都是為了今天，依據今天的情況，只為了今天。」

「只為了今天⋯⋯」

「每一天都是一樣的，計畫永遠有可以調整的地方，所以把明天當作新的今天吧。」

達標計畫

什麼樣的態度、才能和思考方式可以成功達標？

記下達成目標所需的要件，

想想如何在計畫中善用這些要素？

Chapitre 4

亞森・羅蘋是位魔術師

Arsène Lupin est un magicien

羅蘋的父親對他說：「讓人分散注意力就是關鍵。如果你記住這一點，就沒有人能阻止你。」

電影《亞森・羅蘋》
尚-保羅・沙洛梅執導，2004

也有人提出不同的意見，聲稱在竊案發生的時候，曾經看到洛尚恩在甲板上散步。反對者完全不服氣，強調：「亞森・羅蘋是何等人物，難道他會親自動手？」

《怪盜紳士亞森・羅蘋——羅蘋被捕》
莫里斯・盧布朗，1907

玩弄錯覺、保持神祕、令人眼花撩亂又充滿驚奇，這些都是亞森．羅蘋用來把簡單的竊盜變成一場絢麗煙火秀的拿手好戲。

他的行竊與其說是一般竊盜案，不如說是表演。他彷彿吹笛人，帶領大家想像、做夢，甚至挑釁，讓他最大的敵人也感到驚訝。

也正是這點，讓大眾為他深深著迷，因為在巧妙與優美的手法下，每個人最終都會為之喝采而非譴責。

由於亞森．羅蘋在他的罪行中仍致力於伸張正義，所以即使這些行為應該受到責罰，大家仍下意識地覺得這是某種形式的社會正義。從某種意義上來說，他只會從某些特定人士那裡偷東西。

羅蘋是一位指甲修剪整齊的魔術師，他是一位我們永遠猜不到他最後計畫的魁儡師，每個人都期待著他帶來的驚奇。

就像魔術師一樣，他從禮帽中掏出了白兔，轉移大家對他真正詭計的注意力。

正是這些永遠變幻莫測的戲法，讓我們獲得啟發。

他有沒有詳細地告訴我們他工作上的困難？為了成功行竊而做的事前準備？從來沒有。或許只是為了耍帥，例如他扼要的告訴葛尼瑪探長*，他計畫的複雜性，一旦結束就再也沒有什麼能感動他了。

羅蘋只展現完美的部分，和他花招中的魔力，他就是這樣創造自己給人好感和鼓舞人心的形象。

我們可以從這裡學到什麼？學會沉默。

在完成計畫的路上，我們都習慣發洩一路上所遇到的困難。

分享這些問題或許心情可以感到輕鬆，但也可能對我們不利。

這位或這些在你實現計畫的過程中見證你痛苦和筋疲力竭前進的人，他們會傾聽你，也曾對你提出建議。他們給的意見不一定總是最明智，因為他們有時會將自身的擔憂投射在你的計畫上。因為他們不是主要策畫者，缺乏慾望、勇氣或想法。但這些顧問有時候會搖身一變，成為你計畫的主管或監

譯注

*小說中羅蘋的死對頭，立誓逮捕羅蘋歸案。

察員，要你解釋為何進度落後？

然後你就不再是你計畫的主導者，如果你的計畫實現，這些見證人也會來邀功。畢竟他們參與了好幾個小時的討論、向你解釋了如何解決困難，他們自然認為自己有一份功勞。這個計畫你就沒有再犯錯的權利，看在這點上，你必須成功，無論是為了自己還是他們。

有時候看似是浮木的東西，也可能變成腳上的枷鎖。

要學著對自己保持警惕，改掉遇到困難就想抱怨的習慣。抱怨剝奪了一部分可以隨心所欲做事的自由，例如面對他人時依然按照自己的步調，但最重要的是，抱怨剝奪了我們計畫中的一部分魅力。

你想寫一本小說？如果我有什麼建議，就是不要在小說完成前和人討論。那麼當你保密寫完後，就可以盡情地發表，並期待得到這樣的回應：「我不知道你……竟然這麼厲害！」

如果你不停地說了一年，但有時你卡住停滯不前，研究工作所花的時間又比你預想的還多，那會發生什麼事？

你會慢慢地感到失望，直到最後，眾人也可能不再相信這個計畫。我們必須在計畫中預留吸引力，就像羅蘋一樣，只有在計畫完成後才透露必要的訊息。

就像羅蘋說的：「你在懷疑我嗎？但你知道嗎？別人失敗的地方正是我成功的地方。」*

這是他的祕密，他的魔法，因為在他的計畫完成前，沒有人知道他的計畫。羅蘋從沒失敗過，因為我們只看到從他帽子裡變出來的白兔，卻從未注意到他的動作必須有多快，才能在沒有人注意到他帽子的重量以及夾層的情況下，自然地移動他的高帽。

譯注

引自《亞森．羅蘋》（Arsène Lupin），法國導演尚-保羅．沙洛梅（Jean-Paul Salomé）二〇〇四年執導的電影。

亞森・羅蘋低聲對我說……

「安靜做事，保持沉默。執行才是關鍵。當你默默地執行工作，魔法才會出現。」

達標計畫

什麼樣的態度、才能和思考方式可以成功達標？

記下達成目標所需的要件，

想想如何在計畫中善用這些要素？

Chapitre 5

亞森・羅蘋是隻變色龍

Arsène Lupin est un caméléon

我要怎麼描述亞森・羅蘋這號人物？我見過亞森・羅蘋二十次，每次他都帶著不同面貌。或者我該説，他還是同一個人，只是有二十種不同的面貌，二十種各異其趣的眼眸、五官、舉止、外型和個性。

《怪盜紳士亞森・羅蘋——羅蘋被捕》

莫里斯・盧布朗，1907

他是一個人，也是很多人，是完整的也是分散的，好讓他能夠更完美地消失在四方。這是羅蘋在這個世界上的生存方式，他在生活的各個面向都培養了這種才能。

能把自己偽裝到別人認不出來，對我們有幫助嗎？當然，不是像羅蘋一樣為了達到目的而在外貌上改變，而是……知道如何順應變化。

知道如何應變必須是你策略中的一部分。

有時我們沒辦法按照意願改變周圍的環境，但我們可以調整自己。

這不是讓自己受到影響，而是讓計畫更有彈性，同時不忘初心。

這並非要背叛我們的慾望和想法來迂迴行事，而是讓計畫更能順應周遭變化而有彈性。

你想要成為領導者而非追隨者嗎？那麼請想像你已經是領導者，站在這個角度你會怎麼做？像羅蘋一樣，換位思考。

無論是用優雅的服裝或語言，培養自己擁有「變色龍」的特質。

我們不會因為害羞、謹慎、難以捉摸或低調的作風成為一個明星。我們透過表現得像一位明星、適度表現而不張揚，來成為一個明星。

就算剛開始有點不適應，透過每天練習，你就會駕輕就熟，並得到你想要的。

當一位變色龍不是要你背叛自己，而是運用智慧與機智，開闢出一條新的道路。

拿起你天賦的利刃，好好運用它，在這片叢林中開闢自己的道路，像探險家般前進，直到達成你的目標。

在生活中，把你的一言一行表現得像你真心想要變成的模樣，你就會成為那樣的人。

你要做的就是跟隨著這個全新的自我，協助你開闢出自己的道路。

善用變色龍的特質而不欺騙自己，也不被短暫的慾望蒙蔽，而是給你一個超越自己的機會，成為更好的自己。

亞森・羅蘋低聲對我說……

「用成為大師的方法，站到舞台上。」

達標計畫

什麼樣的態度、才能和思考方式可以成功達標？

記下達成目標所需的要件，

想想如何在計畫中善用這些要素？

Chapitre 6

亞森．羅蘋很有邏輯

Arsène Lupin est logique

「我們這群人當中，只有一個人感到驚訝，輕呼了一聲。一聽到竊案發生，所有的乘客都有個共識：竊賊一定是亞森．羅蘋。事實上，行竊方式也一如他的手法，不但複雜、神祕，而且讓人匪夷所思，卻又合乎邏輯。的確，與其帶走一整批體積龐大的珠寶，不如分別挑出容易藏匿的珍珠、祖母綠和藍寶石。」

——安德列斯先生／亞森．羅蘋

《怪盜紳士亞森．羅蘋——亞森．羅蘋被捕》

莫里斯．盧布朗，1907

如果直覺將我們引向正確的道路，邏輯則能讓我們貫徹目標走到最後。

邏輯是一切的基礎，用來一步步建立你的計畫。

亞森·羅蘋預先設想每個可能遇到的狀況並做好備案，且從不出錯。

他用邏輯思考事件的先後順序，就像骨牌效應一樣。同時他也預見了竊案的受害者會有的所有反應，就像那些警察握有破案的祕密一樣。

「這麼做會導致這樣的結果，那個行為會造成那樣的反應……」這就是亞森·羅蘋構思計畫的方式，對於每一個步驟，他都會找到自己的方法，或為了製造效果而虛張聲勢、聲東擊西。

他依據邏輯完備計畫裡的每一個步驟，「如果我這麼做，從邏輯上來說，結果會怎樣……」

邏輯可以用來執行計畫，或相反地，用來反制。他需要用新的戲法來解決不好的結果。

遵循不可改變的邏輯，亞森·羅蘋設計出最完美的計畫。他不給感性和直覺任何空間，只保留給縝密的邏輯與因果定律。

除了對你的計畫發展有幫助之外，邏輯還能對你有什麼好處？

小心那句名言：「跟著感覺走！」

當你在尋找新的想法或機會時，如果常常聽到這句話，可能會覺得充滿意義。一旦你找到了想法，這句話就會看出侷限和缺點。

一旦決定目標，就要小心規畫和執行來實現目標。

「跟著感覺走！」就和接下來的步驟無關緊要了。你需要在這點上保持思考邏輯清晰，原因很簡單，無論你想做的事情涉及哪個領域，它都受限於某些固有的規則，是你在這個領域中不能違背的，因此只靠感覺是行不通的。

我們不會一直發明新的東西，就算你想這麼做也沒辦法。我們必須接受既有的體制和別人已經建立好的規則，就算你想在未來把它變得更好也一樣。

有很多可以徹底改變習慣、發明和技術的天才之舉。然而，它們當中很少能成為大多數人的新習慣和生活的一部分。

無論是音樂創作、網路發展還是其他領域，我們只能在大家都有經驗的情況下一點一滴地進步。

你可能發明了一台不會當機的電腦，但這不足以成為它在全球市場上大量販售的理由，因為使用者已經習慣不停更新軟體。

只有邏輯，才能幫助你以羅蘋的方式——沒有缺點或一些小小的自我妥協——建立不會失敗的策略以獲得成功。

了解計畫的領域、每一個細節和慣例，遠比簡單的市場調查來得有效。永遠不要忘記，當你有一個想法時，世界上還有其他三個人和你有同樣的想法。

所以？要用什麼方法、什麼方式，才能成為贏家呢？

亞森．羅蘋低聲對我說……

「邏輯是平靜心靈的方法。能在混亂中保持冷靜，就是獲得勝利的關鍵。」

亞森．羅蘋的想法

「即便羅蘋看似輸了，他仍然是贏家。」

年幼的亞森．迪歐對克蕾兒這麼說，同時秀出鬥毆中從流氓身上偷來的打火機。

Netflix 影集《亞森．羅蘋》

達標計畫

什麼樣的態度、才能和思考方式可以成功達標？

記下達成目標所需的要件，

想想如何在計畫中善用這些要素？

....

....

....

....

....

....

....

....

....

....

....

....

....

....

....

Chapitre 7

亞森・羅蘋是自由的

Arsène Lupin est libre

「親愛的朋友，你該不會以為我打算在這堆潮濕發霉的草蓆上躺到老死吧？你這簡直是侮辱我。亞森・羅蘋在監獄裡高興留多久就留多久，一分鐘不多，一分鐘也不少。」

——亞森・羅蘋

《怪盜紳士亞森・羅蘋——獄中的羅蘋》

莫里斯・盧布朗，1907

羅蘋隨心所欲做他想做的事。即使在牢房裡也是如此。在大家眼裡，他只是一個被監禁關押的囚犯，事實上，他是在祕密地遵循計畫裡的複雜機制。

亞森．羅蘋總是自己決定何時留下，何時離開。

在生活中，我們不可能像羅蘋一樣只隨自己的意願那麼自由。然而卻可以像羅蘋一樣，自由地表現自己和做決定。

我們很難不依循一條社會為我們畫好的線，如果不遵從就會被屏棄在外。

例如我剛去服三天義務役*時，就被命令沿著一條藍線走，而且要走到盡頭。

想像接下來的一年，這條藍線的盡頭會一直出現在我眼前，我站在那裡，沒有按照命令移動。

一個渾身肌肉的怪物向我走來，對我大吼要我向盡頭移動。此時我可以選擇：服從，或拯救我的自由。

我想起了達斯汀．霍夫曼在電影《雨人》中演出的自閉症角色，他用很小的聲音和模糊的動作出現在我的腦海裡，於是我用幾乎聽不到的聲音跟這個穿卡其色衣服的男人說：「有人叫我在這裡停下來……」

無論他如何比手畫腳，都沒有用。不是他的問題，是我。接下來的這一年，我既沒有時間，也沒有辦法，更不想做替代役。於是一整天，我在測試中輕微的晃動胸口，不和任何人說話，讓我的大腦無法正常運作。為了達成一個目標，那個目標就是走出軍營的大門，成為一個自由的人。決定了之後，我甚至略過一般科醫生，直接花了三個小時連續看二個心理醫生。

二位心理醫生為了讓裝瘋的人露出破綻，而有千變萬化的精神折磨，我盯著牆上的一片磁磚，用含糊的方式回應他們的胡言亂語。我從未說過我不想當兵，是他們說我不能當兵。就這樣我走到了曾經遙遠的軍營大門，手上拿著最後一位心理醫師的名片，好讓我做緊急治療。

發現自己處於這個機構的枷鎖前，我沒有任何準備，但面對藍線的盡頭，我必須做出決定：離開還是留下。

譯注
在作者的成長年代，每個法國男人都要服三天的義務役，三天後可以選擇替代役或當兵。

我們自己決定要不要自由。像羅蘋一樣果斷地決定，不讓生活被支配，不被一個只會粉碎夢想和慾望的機器困住，就算這需要付出代價，也不輕易順從。

自由是不再滿足於別人施捨給我們的小恩小惠，當我們有更遠大的目標時，也能拒絕那些小恩惠，不總想著要全拿。

你人生的計畫會帶給你這種自由嗎？是只有一部分還是全然的自由？

亞森．羅蘋低聲對我說……

「你內心深處燃燒的火焰就是你的全部。名為自由的火焰。」

達標計畫

什麼樣的態度、才能和思考方式可以成功達標？

記下達成目標所需的要件，

想想如何在計畫中善用這些要素？

Chapitre 8

亞森．羅蘋什麼都不怕

Arsène Lupin ose tout

「況且……」亞森．羅蘋大聲說，「我手上還有一張王牌。我從一開始就準備妥當了，所有人都等著看我越獄。您和其他人都在這個節骨眼上犯下大錯。這是一場和司法搏鬥的精彩遊戲，賭注是我的自由。你們把我當成被成功沖昏頭的毛頭小子，不過是在虛張聲勢罷了，亞森．羅蘋根本不足為懼！經過瑪拉奇堡的竊案之後，大家才發現：『如果亞森．羅蘋敢大肆聲張，應該是對越獄計畫胸有成竹。』這下，你們全都中計了，因為這套不必付諸行動的越獄計畫有個前提，就是要讓所有的人相信這件事絕對會在光天化日之下發生。於是，當您站起身來說：『這個人不是亞森．羅蘋。』的時候，所有人都會深信不疑。」

《怪盜紳士亞森．羅蘋——羅蘋越獄》

莫里斯．盧布朗，1907

亞森．羅蘋能一次次在行動中獲得成功的祕訣是什麼？是他總是讓人出乎意料。

他敢於違背所有常規，執行那些別人想像不到又看起來不可思議的計畫。反向操作是他的強項，讓大家毫不懷疑他的計畫而獲得成功。

這是一個非常好運用的武器，可以應用在職場上、感情或個人等各個生活層面。

當周圍的人都在害怕的時候勇於擔當；當怕事者為求自保而躲在一起取暖時勇敢跨出一步。

當大家都在害怕承擔風險時，你的大膽承擔，會是一種令人欽佩的行為。對羅蘋來說，正是這點，讓他可以從一群擁有相同目標的人之中脫穎而出。簡單來說，當我們允許自己勇於挑戰時，能力就沒有那麼大的關係了。

等到一切準備就緒，卻又常常裹足不前。執行是一切的關鍵，但還要有踏出步伐的勇氣。要成為第一人，就沒什麼好等待的，也不要受制於不存在的恐懼。你辦公室的同事很可能跟你有同樣的企畫，你們一樣構思了幾個星期，不同的是，你把這項企畫放在抽屜深處，而你的同事勇敢將它提出。

做別人不做的事，可能會與你熟悉的專業領域作法背道而馳；根據新的標準重調整新組織，完成一項工作，走出一條新的道路。

當大家滿足於和他人一樣，做同樣的事、走同樣的路時，你敢跨出舒適圈，走出一條新的道路嗎？

你敢嗎？

你敢為了超越自己而挑戰一切嗎？

你敢違抗所有約定俗成，但不保證能為事情帶來進展的方法嗎？

你敢只為了自己而邁出第一步，並且付出比預期還要高的代價嗎？

我希望你敢，因為……

當可以獲得一切時，你又有什麼可以失去的呢？

亞森・羅蘋低聲對我說……

「當你決定冒險的同時，也拯救了自己。」

達標計畫

什麼樣的態度、才能和思考方式可以成功達標？

記下達成目標所需的要件，

想想如何在計畫中善用這些要素？

....

....

....

....

....

....

....

....

....

....

....

....

....

....

....

[……]

亞森．羅蘋：「如果您真的有什麼貴重物品，您可以交給我，這樣比較保險。我將它們和證物一起放到警局保管，您可以在我們抓到犯人後再來領取。」

女士：「好，我們就這麼做！」

亞森．羅蘋：「話雖如此，不過一切還是得照程序來，因為……」

女士：「喔，拜託您！」

亞森．羅蘋：「那就這樣吧！女士，只保管最珍貴的！」

婦人將她最珍貴的珠寶拿出。

女士：「我想請你幫最後一個忙，我有一個法貝熱彩蛋[*1]……」

亞森．羅蘋：「女士……我沒辦法全都拿走！」

女士：「拜託……」

亞森．羅蘋：「您很厲害！」

女士：「我知道！」

亞森．羅蘋：「好吧，為了紀念比屬剛果[*2]。」

女士：「謝謝你，年輕人，您真是一位紳士。」

——Netflix影集《亞森．羅蘋》，2021

Chapitre 9

亞森・羅蘋是個操控者

Arsène Lupin est un manipulateur

這是羅蘋冒充警探闖入公寓搶劫一位老婦人時的雙方對話，他不用動手搶，就讓婦人主動把東西交出來。

亞森・羅蘋：「您好，女士，我是警察！……女士，請您冷靜，我有二個手下在樓下站崗，一切都會沒事的，您現在很安全，我想小偷什麼都沒有拿走吧？」

女士：「我想應該沒有……沒有……」

亞森・羅蘋：「您運氣很好，因為您樓下的鄰居被他們洗劫一空，他們偷走了所有東西。」

女士：「真的嗎？」

亞森・羅蘋：「是啊！我想您家有警鈴吧？」

女士：「沒有……」

亞森・羅蘋：「喔，這樣很不好，女士，因為他們會再回來。」

女士：「真的嗎？」

亞森・羅蘋：「當然！您知道，這些小流氓什麼都要！當他們沒有得手時，就會到處閒逛，再回來吃乾抹淨，全部偷光。」

女士：「但是……您會留在這對吧？」

亞森・羅蘋：「不，女士，我不會留在這裡，我們人手不足。政府把預算都放在郊區，沒有留給像您這樣誠實的人。」

女士：「我的天……」

亞森・羅蘋：「就像您說的，其實還有個辦法……」

大部分的人觀察到的是被自身幻想擴增的現實，而非眼前真正的現實。這正是Netflix影集裡的亞森使用的技巧，和小說裡的亞森．羅蘋一樣。

先建立一種互信的氣氛，不強迫任何事情而讓對方自動送上門。這是個高招，讓人相信我們在拯救、幫助他們，藉由慷慨和善良仁慈的靈魂行竊。

畢竟在羅蘋的邏輯中，這些源自比屬剛果時期對非洲土地和人們掠奪的財富是應得的嗎？他以何種心態對這位女士下手？

這裡不是讚許偷竊行為，而是指出羅蘋能夠以魅力和幽默操控人心。

當我們想獲得利益時，都成了操控者。善用自己的魅力、天賦、說話技巧、笑容和話語，引導事情的發展。

無論是有意識還是無意識，我們或多或少都會利用這種操縱藝術，以獲得想要的東西。

舉個簡單的例子：當你打電話向餐廳訂位，卻發現訂位已經滿了，但其實，情況是可以反轉的，這取決於你怎麼詢問和何時打電話。

一個我已經用了很久的小技巧，讓我經常在餐廳已經客滿時訂到位子，而我朋友們卻訂不到位。

首先，千萬不要在用餐當晚的下班時段，也就是五點左右致電訂位。第一，餐廳的員工此時正在為晚餐做準備，所以他們沒什麼時間。其次，他們也不想讓自己忙不過來，這時他們的回答常常是：「對不起，我們今晚已經客滿了。」

為什麼？因為老闆還沒來！六點後打電話才是老闆負責接受預約，空桌就會奇蹟似的出現。最糟他也只會說：「有點困難，但是……」

而這個「但是」常常因為你的回覆和你的表達方式，而有不同的結果。我曾多次聽到有人打電話做這樣的預訂：

「……某某餐館，您好！」

「晚上八點，四位。」

「很抱歉，我們已經客滿了。」

譯注

❶著名的法貝熱彩蛋（Fabergé egg），是俄羅斯皇家珠寶工匠彼得．卡爾．法貝熱（Peter CarlFabergé）的精彩作品，是俄羅斯沙皇亞歷山大三世和尼古拉二世為了贈與皇后而訂製的復活節珠寶彩蛋。

❷Netflix影集《亞森．羅蘋》中飾演主角亞森的是一位非裔演員，劇中的羅蘋是帶有反諷的語氣說要紀念「比屬剛果」，就是要紀念被歐洲人殖民的非洲之意，但這位被劫的白人老太太卻沒有聽出這個反諷。

你覺得這是正常的嗎？沒有一句晚安或任何形式的禮貌問候？讓我們重來一次。

「……某某餐館，您好！」

「您好，我是史蒂芬．加尼葉，請問您有四個人的位子嗎？」

「……首輪用餐時段可能有些困難……」

「我們不急，第二輪用餐時段呢？」

「請稍等，我看看可以如何安排……」

大多時候，在查看預訂登記簿或詢問同事之後，他就會找到辦法生出位子給我們。

這是為什麼呢？

用詢問的而非命令句，然後用一個彈性的方式表示我們真的想要來用餐，最後，以我個人的情況，我會報我的名字，加上一個很常見的姓氏，而不是可以影響訂位的作家名字。既然名字這麼普通，為什麼我要在訂位時提起？「您好，我是史蒂芬．加尼葉……」因為沒有人會這麼做，沒有人會自我介紹，除了那些想要表現自己的人。這種自報姓名的情況並不常見，因此不管是有意無意，餐廳通常會有些懷疑：「他是誰……他很有名嗎？他是常客嗎？這個名字好像有聽過……」

你是說查爾斯！加尼葉實驗室的繼承人，或是知名ＤＪ羅倫．加尼葉葉的兄弟！

這是為了讓對方產生懷疑而做一個微小的操縱，讓對方尋找一張餐桌給我們。

「好了，我搞定了！」

當我們需要的時候，每個人都是操控者，這是很正常的。

再回到你的計畫，這種操縱人的天賦，能不動聲色地從別人那裡得到你想要的東西，這種能力對你有用嗎？

想想你缺少什麼，在你的計畫中有什麼是難以獲得的。與其一頭栽進去的強取，不如好好思考如何加強反應和推動事情發展，透過他人和影響力，甚至虛張聲勢以贏得勝利，當然最重要的是，就像羅蘋一樣，永遠不要傷害那些你想要操縱的人。

亞森．羅蘋低聲對我說……

「真理和正義都是短暫的。我們必須總是站在不公與謊言這邊。」

和亞森．羅蘋對話

時間差不多接近午夜了，我轉向羅蘋問道：

「羅蘋，你曾懷疑過嗎？」

「當你一個人在做某件事的時候，怎麼能不懷疑？一個人獨自承擔風險，保持沉默，但也能獨自贏得一切。」

「所以懷疑是必要的嗎？」

「不是懷疑，但在計畫中，除了已經確定的部分，總是還有一個看不見的部分，而這個部分可能會變成一個機會。」

「所以你喜歡計畫中這這種風險嗎？」

「在最關鍵的時候，這會是豐富想像的動力，它讓我們反擊而不是屈服，讓我們轉身而不是逃跑。風險就像是興奮劑，是我們前進的動力。如果事情全數如你所料，誰還想嘗試？」

「沒有人……」

「這就是我與眾不同的地方，超越未知，接受未知的風險，然後擁抱它。」

達標計畫

什麼樣的態度、才能和思考方式可以成功達標？

記下達成目標所需的要件，

想想如何在計畫中善用這些要素？

Chapitre 10

亞森‧羅蘋保持神祕

Arsène Lupin entretient son mystère

「許多謎團都是我們自己製造的。生活遠沒有我們想像的那麼複雜，在我們看來錯綜複雜的事情都會迎刃而解。」

——勞爾‧阿維納／亞森‧羅蘋

《怪盜紳士——古堡驚魂》

莫里斯‧盧布朗，1931

大夥兒不禁打了個寒顫。這個自稱佛利安尼的男人背後到底隱藏了什麼祕密？這個喜愛冒險的年輕人究竟經歷過什麼？他在六歲時便稱得上神偷，到了今天，他不知是為了尋求刺激，或是心懷怨懟，來到受害者家中耀武揚威。他的舉動雖然大膽瘋狂，卻又不失身為賓客的儒雅與禮儀！

——《紳士怪盜亞森‧羅蘋——皇后的項鍊》

莫里斯‧盧布朗，1907

在亞森．羅蘋的冒險中，他化身為佛利安尼騎士、勞爾．德安荷西、唐．路易．佩倫納、保羅．賽寧或拉勞爾．阿維納……羅蘋從一個人設到另一個人設，從這張臉到那張臉，他的身分逐漸變得模糊，沒有人知道他的廬山真面目。

捉摸不透、無法抗拒，圍繞著羅蘋的神祕感讓他得以接近那些受害者，甚至成為受害者周圍的一份子，好像這些神祕感可以確保他的安危一樣。

亞森．羅蘋雖然被通緝。但沒人知道該逮捕誰，因為沒人知道亞森．羅蘋是誰。

神祕感是他的天賦。他可以自由地像花花公子一樣生活在最好的圈子裡而不被懷疑。

當竊盜行為發生時，一切勝券在握。他所要做的只是脫身，和再次改變自己的身分。

羅蘋被起訴，葛尼瑪探長從未停止尋找他的罪行，然而，他卻不知道該逮捕誰。

羅蘋就像是幽靈，有時候我們甚至懷疑他是否真的存在。

他的變身能力之所以讓人感興趣，是因為我們無法隨著線索找到他的出身背景。

各位讀者，你們怎麼看？

在制定計畫時，很重要的一點是，不要讓你的合作夥伴全盤了解你。為什麼？通常是為了不讓我們被過去某些事影響。我們都來自某個地方，但有可能我們的過去、成長環境、教育背景、以前的職涯會干擾我們現在想進行的計畫和想要的新生活。

流言蜚語總是難以消除，因此有些標籤可能會一輩子跟著我們。

你對某個人的印象是有點放蕩不羈或花天酒地，或感覺他的承諾不太可靠？我們都曾經在生命的某些時期有些小缺點，這些黑歷史可能存在一陣子，但往往會隨著歲月的流逝而消失。問題是，就算你已經不再是大家記憶中的那個形象，這個印象依然會留下。

如果你的銀行一直認為你不善理財，總是透支，這樣就很難說服銀行借你一大筆錢來執行你想進行的餐車計畫。就算你今天好好地理財，也沒辦法說服你的銀行。最簡單的辦法就是換銀行，以找回自己中立的形象，甩掉過去的包袱。

回想過往的生活方式，記下那些今後可能阻礙你計畫的因素。請對自己誠實。

或許我們不必改變一切，但有一點是肯定的，沒必要把一切都說出來。為了實踐計畫以達成目標，你有必要找到一部分全新的自己。

在這點上，你將重獲新生，而你殺死的那些過往將成為你神祕的部分，就像亞森．羅蘋一樣。

亞森．羅蘋低聲對我說……

「只說重點。當真相未被說出，沉默就顯得神祕。」

達標計畫

什麼樣的態度、才能和思考方式可以成功達標？

記下達成目標所需的要件，

想想如何在計畫中善用這些要素？

Chapitre 11

亞森．羅蘋懂得自嘲

Arsène Lupin ne se prend pas au sérieux

愛格蘭特：「當我們不認識你的時候，我們可能會認為你不正經，沒有什麼能觸動你。你一直在笑。」

亞森·羅蘋：「親愛的，我不是個正派的人。我一點也不正經。」

[……]

愛格蘭特：「是的，但你很敏感，我花了一些時間才觀察到。為何不展現真正的德安荷西子爵呢？」

亞森·羅蘋：「或許他並不存在。」

愛格蘭特：「喔，你看，你又來了。這樣我們沒辦法繼續對話。」

亞森·羅蘋：「我們正在說話啊，我向你保證。」

愛格蘭特：「我在和你說話，你卻在隱藏某個創傷，我想知道那是什麼。」

亞森·羅蘋：「為什麼你希望我有創傷呢？你知道我的生活只有你，愛格蘭特，其他什麼都沒有。」

愛格蘭特：「一個什麼都沒經歷過的男人不會這麼有魅力。」

電影《亞森·羅蘋》

尚-保羅·沙洛梅執導，2004

亞森．羅蘋玩弄他人像嘲弄自己一樣。他玩弄一切可能發生在他身上的事，從最微小的眼神到計畫中最戲劇性的狀況。

他總是把好話掛在嘴邊，當他以如此輕鬆的方式面對生活和工作時，他要怎麼正經？也許在他眼裡只有愛情是真正嚴肅和重要的事。其餘的，羅蘋用他的詭計、遊戲、夢想和幽默來點綴生活。

正經對他來說並不重要。正經八百是給自己一個藉口，讓自己每天必須像自行車打氣筒一樣不斷地自我膨脹和驕傲。這不是一個有品味的男士該做的，也不是一位紳士或一個瀟灑的人該有的特質，他活在被追捕的日子卻不妥協。

沒有什麼比將自己當成別人更受挫的了。

現在有很多製造神話的人（意見領袖），每個人都有比拼的天賦、資產、影響力，每個人都像隻擁有塑膠羽毛的孔雀，看似炫目奪人，但真正攤在陽光下時，頓時枯萎失去光澤。

很多人沒什麼本事，卻把自己看得很重要，真人實境節目中充滿了這種情況。舉例來說，這個概念幾乎成了一種口號：「一無所有，一無所知，一事無成。」只有少數人意識到，大部分的人都會陷入這個巨大的空虛中而變得虛無。

在計畫還沒開始安排前就表現得正經八百，會讓你覺得已經成功了。甚至沒有著手計畫，而是除了表現的正經之外沒有其他目標。

正經八百只會讓你成為只能捕捉觸手可及獵物的肉食性動物，最後自己也被吞噬。

這如何用於你的計畫呢？為了賣弄自己而賣弄？到頭來一事無成，只是裝忙。

當正經八百最後淪為一成不變，畫地自限，是多麼浪費時間，多麼大的謊言。

一旦決定成為不苟言笑的人，就不得不一次又一次地賣弄，那就不可能有想像力，不可能放手一搏，不可能讓人設崩壞。沒有追求，沒有創造力，最終戴著這個面具老去。

對待自己、生活和各種想像抱著嚴肅的態度，那麼你的計畫打從一開始就不會成功。

千萬不要跟著不屬於自己的光而迷路。面對事情可以選擇任何一種立場，所有的路都可以前進。但只有讓你幸福快樂的，才是正確的路。

亞森．羅蘋低聲對我說……

「認真嚴肅是一種驕傲。想要正經八百，就是一點都不正經。」

達標計畫

什麼樣的態度、才能和思考方式可以成功達標？

記下達成目標所需的要件，

想想如何在計畫中善用這些要素？

Chapitre 12

亞森・羅蘋是個謀略家

Arsène Lupin est un stratège

妮麗小姐：「我聽說，所有的竊賊都會留下線索。」

安德列茲先生：「唯獨亞森・羅蘋例外。」

妮麗小姐：「為什麼？」

安德列茲先生：「為什麼？因為他不只是偷竊，還會設想如何煙滅證據。」

《怪盜紳士亞森・羅蘋——羅蘋就捕》

莫里斯・盧布朗，1907

會設想到事情的所有層面，以及所有行動可能帶來的後果，這就是亞森・羅蘋，總是確保自己萬無一失。

他不是一個得意忘形的人，也不是一個投機者，至少他的行為和舉動都經過深思熟慮。當羅蘋採取行動時，對他的敵人來說，一切舉措為時已晚。

他就像一名棋手，為了勝利而制定了精確的戰略。一個不僅要成功，還要隱藏到最後一秒才出手的戰略。

沒有策略，羅蘋不會成功。

如果有一個可以輕而易舉增加戰利品的機會出現，他會把握機會，但絕不會拿他的計畫冒險。

要如何才能成為像羅蘋一樣優秀的謀略家？

要能預見所有風險並找到解決辦法。

設想到無法想像的事情並找到解決方式。

在下手行竊之前，羅蘋預想了所有可能發生的情況。

如果你認為這是一件容易的事，那就錯了，因為當我們有一個目標並試圖訂定策略時，經常會犯同樣的錯誤：只看到自己想要的，只從自己的角度出發。

想像有什麼情況超出預期，有什麼意料之外的事——這就是謀略家偉大的天賦。

要做到這一點，我們必須離開舒適圈和熟識的朋友，觀察所處環境的整體狀況。而不要侷限自己的視野，不要忽略所有會影響結果的因素，甚至是導致失敗的因素。

不想看或看不到可能破壞我們搭乘船身的暗礁或淺灘，這是人之常情。因為此時此刻，我們的眼睛一直黏著望遠鏡，盯著我們的目標——海岸，希望它能在遠處出現，而沒有看到二百公尺外可能使我們沉沒的危險。

除非是運氣好，否則盲目地投入通常很難帶來勝利。預測和解決計畫執行時可能發生的所有變化，是確保成功的關鍵。

「想太多」有個風險，那就是最後你會不敢行動而故步自封。

但考慮到最壞的情況，有助於我們找到解決辦法。否則就是在冒不必要的風險。

制定一個具體的計畫以實現目標，本身就是在冒險，盲目地在這條路上前進是沒有意義的。

作為謀略家，無論你的計畫是什麼，都是為了要成功。冒不必要的風險對自己或對他人而言都是沒有意義的。

亞森．羅蘋低聲對我說……

「如果我玩俄羅斯輪盤每次都輸，那我就會用狂人策略*，像西洋棋的小丑走對角線那樣獲勝。」

譯注

又稱為狂人理論或瘋子理論，是在對手或敵人面前表現不理性乃至不計後果以向對方施壓，迫使對手讓步。這裡作者使用狂人理論做法文的文字遊戲，狂人理論法文裡的fou和西洋棋裡的小丑都稱為fou，所以作者用西洋棋裡的小丑（英國稱主教）可以「將軍！」來比喻狂人策略可以獲勝。

亞森．羅蘋的想法

亞森：「在所有的手法中，障眼法大概是最巧妙的，因為使用障眼法需要眼明手快。」

兒子：「有時候還需要一點勇氣。」

——亞森與兒子的心聲

Netflix影集《亞森．羅蘋》

達標計畫

什麼樣的態度、才能和思考方式可以成功達標？

記下達成目標所需的要件，

想想如何在計畫中善用這些要素？

Chapitre 13

亞森・羅蘋
懂得蠱惑人心

Arsène Lupin est un séducteur

約瑟芬伯爵夫人：「你冒這些險可以賺多少錢？你一天內差點二次為我送命。這很不尋常！」

亞森・羅蘋：「我就不是常人。」

約瑟芬伯爵夫人：「別開玩笑了，告訴我你的價碼。」

亞森・羅蘋：「我的價格超出你的能力範圍，但若能與你共度一晚，加上你夢寐以求的財寶的一半，倒是可以讓我滿意。」

約瑟芬伯爵夫人：「你總是這樣嗎？」

[……]

約瑟芬伯爵夫人：「你相信你聽到的嗎？」

亞森・羅蘋：「我相信，所以別讓奇蹟消失。」

約瑟芬伯爵夫人：「很抱歉，但這世界上沒有奇蹟……」

亞森・羅蘋：「你知道魔鬼是如何讓人們遠離他的嗎？他讓大家相信他不存在。」

約瑟芬伯爵夫人：「你把我當成魔鬼？」

亞森・羅蘋：「你有魔鬼般的美貌。」

電影《亞森・羅蘋》

法國導演尚–保羅・沙洛梅執導，2004

羅蘋總是一次又一次的誘惑他人。在任何時候、任何情況，僅是出於慾望而誘惑。羅蘋為了不同的目的，以不同的方式利用他對女人的魅力。女人成為他計畫中的目標或手段。誘惑對他來說是種習慣，有時甚至會對男人使用，用他的才智吸引他們，以獲得他想要的東西。

我們都在誘惑，只是沒有意識到，甚至忘記這個可以有意識地在生活與計畫中使用的武器。

對羅蘋來說，誘惑不是計算，而是他的一部分，是一種行事作風，也是一種在社會生存的方式。這種誘惑可以從字面上來解讀，也可以視作一種簡單的優雅精神。

但千萬不要忘記，運用得宜的話，誘惑可以讓所有人為我們服務。即使是在一通簡單的電話中，用溫暖、令人安心和帶著笑意的聲音能讓你獲得許多，用冷酷和嚴厲的聲音則什麼都得不到。

你怎麼和每天接觸的人說話？你如何向他們展示自己？用你的魅力與優

雅的笑容嗎？你說話時會看著他們的眼睛嗎？你是否注意到他們的服裝或髮型引人注意的小細節？你會在嚴肅的談話中展現一點幽默感嗎？

對於想要獲得好感的對象，你是否會在他們生日的時候，做一些小小的表示呢？對於潛在的合作夥伴，你是否會在他升職或是成功的時候，表示祝賀呢？

你能夠用某些技巧為合作夥伴帶來驚喜嗎？比如了解對方的喜好與品味，讓對方感到被重視。

你對對方感興趣嗎？你會聽他說話嗎？

要記住，無論在哪個領域，誘惑這門藝術，都是一個強大的工具，有時可以讓你的計畫突飛猛進，像是為你打開一扇你一直在努力打開的大門。

亞森．羅蘋低聲對我說……

「誘惑不是欺騙。誘惑是知道如何使人滿意。」

達標計畫

什麼樣的態度、才能和思考方式可以成功達標？

記下達成目標所需的要件，

想想如何在計畫中善用這些要素？

Chapitre 14

亞森・羅蘋
總是領先一步

Arsène Lupin a toujours un coup d'avance

「羅蘋用他傑出的天賦來犯罪。沒有任何障礙可以阻撓他的計畫。而他最大的天賦，毫無疑問是永遠領先一步。」

——亞森的心聲

Netflix影集《亞森・羅蘋》，2021

正如我們所見，亞森．羅蘋就像一位西洋棋手和優秀的策略家，總是領先對手幾步，小心翼翼地不讓人看穿他的策略。

除非情況緊急，否則他很少需要反制。因為他的策略，讓局勢在他的掌握之中。

他知道自己該做什麼以及對方會如何反應。只要順著局勢走，吃掉對方的棋子然後向對方的國王邁進，就能贏得寶物。

亞森．羅蘋就像我們下西洋棋時一樣，他走白棋*，總是下第一步。他規畫整起竊案，總是領先一步，警察只能試著拆招和抵抗，甚至他可以任性地宣布下一次行竊的時間、日期和地點。

你下西洋棋時也走白棋嗎？

沒有人知道你要什麼、你的祕密計畫，所以沒有人能理解為何你要下這步棋，或你為何要這麼做。

打個比方，如果你正在上某項專業領域的進修課程，是否要一直談論它？

如果你的目標是獲得公司即將釋出的高層職位，哪個做法比較有幫助？是在咖啡機旁和你的同事們——也就是你的潛在對手，花很多時間談論這個進修課程，還是偷偷地將這個進修課程學到的技能直接寫在履歷中？這是獲得這個令人垂涎的職位所必備的技能，而周圍除了你之外，沒有人在準備這項技能。

這就是在下西洋棋的白棋。

正如我們所見，提前準備、預測，是一位謀略家必須做到的，而且要比你的競爭者、對手或市場搶先一步，這樣可以讓你永遠保持領先，在適當的時候嘗試突圍。

做好準備，細心觀察周圍發生的一切，不斷的學習。展現自己，以及你的能力，但不要張揚。

永遠保留幾張底牌。當沒人知道你有如此的知識和天賦時，你可以驚豔全場。

譯注
西洋棋規則由白方開始，因此有一說法是白方獲勝率較高。

保留一點祕密，有時會讓你在面對問題時帶來新的想法。

知識是一種強大的力量，當其他人還在原地踏步時你卻藏有一手，這就是你的優勢。

亞森．羅蘋低聲對我說……

「你生命中的珍珠，是那些你不顧一切也要抓住，並保護它不受傷害的。」

達標計畫

什麼樣的態度、才能和思考方式可以成功達標？

記下達成目標所需的要件，

想想如何在計畫中善用這些要素？

Chapitre 15

亞森・羅蘋信守承諾

Arsène Lupin tient ses promesses et ses engagements

「我能問你一件事嗎？你來去匆匆隨心所欲，但是你卻能讓我妻子微笑。」艾田・康米對羅蘋說。

羅蘋悄悄地將盜來的項鍊上所拆解下的七顆寶石中的一顆，放在艾田・康米妻子的家中。

Netflix影集《亞森・羅蘋》，2021

開庭前夕，《要聞報》的辦公室裡來了個男人，要求和法政新聞記者見面，他扔下一張卡片後就急忙離開。卡片上寫著：「亞森・羅蘋絕不食言。」看了內容後，大家開始議論紛紛。

《怪盜紳士亞森・羅蘋——羅蘋越獄》

莫里斯・盧布朗，1907

亞森．羅蘋很忠誠，他履行承諾、信守諾言。無論是為了給新朋友建立良好形象，還是為了挑戰法律訴訟，羅蘋都遵守自己的承諾。

仔細觀察，你會發現像羅蘋這樣的小偷，有時比許多聲稱願意傾聽的「老實人」更有正義感。

正如（Netflix影集裡的亞森）羅蘋所說：「最終，亞森．羅蘋是一匹孤狼，但偶爾還是會呼喚同伴。他的道德操守可能令人質疑，卻是忠誠可靠的友人。」

忠誠對你的計畫甚至整個人生重要嗎？當然！原因很簡單，因為這是大家判斷一個人的共同基準。

你是一個值得信賴的人嗎？你說的話能相信嗎？能信任你嗎？你是否遵守期限和承諾？從保守最大的祕密，到答應帶你的孩子去看大象？或是……

或者，你給大家的是不遵守約定的形象呢？

這種判斷方式很簡單、很直覺，而且到哪都適用。因為，這種判斷方式簡單又有效，假如你可以藉由行為散發出正直的形象而獲得人們信任，那麼你就可以要求一切，獲得一切，實現一切。

為何不問問有什麼是你能做的呢？然後一如往常完美地履行你的承諾。何不在求婚的時候，證明你是一個負責任、穩重的人，你將建立、守護與支持這個和你所愛的人共組的家庭。

當你想要藉由信貸來開創新事業時，何不減少你的開支和你混亂的財務管理呢？

這不僅是你塑造的形象，也是你的聲譽，人們以此判斷你是否能交往與信賴。

言出必行是金錢無法買到的，這是一步一步從你的行為中建立起來的。永遠不要忘記，因為就算我們擁有的很少，但仍然擁有這個比世界上所有黃金都珍貴的寶物。

亞森・羅蘋低聲對我說……

「一諾千金，永遠不要食言。」

和亞森．羅蘋對話

已經差不多要半夜了，我轉向羅蘋問他：

「晚安，羅蘋。當我開始寫這本書時，我許了一個願。希望以你的行為舉措為榜樣，幫助和陪伴每一個讀到這些文字的讀者實現他們的夢想。這有可能實現嗎？」

「我們不可能幫助所有的人，但我們可以拯救那些我們選擇的人，還有想幫助自己的人。最好的方式，就是以對方期望的方式來對待他。這就是我專注在做的事。我試著拉他們一把、扛起他們，結果卻是他們將我抬起。」

「我非常希望你的精神和反應能力可以啟發每個人充分發揮自己。」

「我可以告訴你，一切都是有可能的，但事實上，全都取決於個人。我們總是把自己看得太偉大或是太渺小，但沒有人知道在自己的人生道路上邁出第一步時會發生什麼事。要等待、行動、思考然後再行動。」

「你對讀者有什麼建議？」

「建議？沒有……與其說是建議，更像是觀察……」

「觀察什麼？」

「就算你擁有一切，但是失去自我，就什麼都不是。做你自己，相信自己。而相信就是承擔風險，否則也沒其他選擇了吧？」

達標計畫

什麼樣的態度、才能和思考方式可以成功達標？

記下達成目標所需的要件，

想想如何在計畫中善用這些要素？

Chapitre 16

亞森・羅蘋令人欽佩

Arsène Lupin force l'admiration

德凡：「您見過他？」

福爾摩斯：「我們剛剛在小巷裡擦身而過。」

德凡：「您當時就知道他是奧瑞斯・維蒙，不，我是說亞森・羅蘋？」

福爾摩斯：「剛開始不曉得，但很快就猜出來了……從他嘲諷的語氣裡聽出來的。」

德凡：「您讓他跑了？」

福爾摩斯：「是啊，而且我還佔了上風……當時剛好有五名騎警路過。」

德凡：「天啊！這可是絕無僅有的良機！」

福爾摩斯：「正因為如此，我福爾摩斯碰到亞森・羅蘋這樣的對手，絕對不會落井下石，而是製造機會。」

《怪盜紳士亞森・羅蘋——遲來的福爾摩斯》

莫里斯・盧布朗，1907

真是令人欽佩……當我像福爾摩斯一樣抽絲剝繭地閱讀亞森·羅蘋的生活和冒險時，這是我腦中的第一個想法。

無論是對羅蘋或是對你的未來和當下，「令人欽佩」是什麼意思？

所有和亞森·羅蘋接觸的人都一致認同，這是一種狀態、一種存在的方式、一種生活的方式。

不管我們是否喜歡亞森·羅蘋，他都讓人對他感興趣。他耀眼、讓人印象深刻、他是精神指標，他令人驚訝又驚奇。他使每個遇到他的人都想成為亞森·羅蘋。

我們觀察他、追隨他、研究他，而他在一個似乎比任何人能力都優越的領域中發展，最終不再被嫉妒，只被仰慕。

我們羨慕那些我們認為自己可以與之匹敵的人。但是我們崇拜那些到達顛峰的人。

從這種狀態中，從他投射的這個形象中，羅蘋得到了一個額外的好處：

信任。人們對他說的話深信不疑。這是一種強大的武器，他經常利用這份信任，來愚弄警察和他預計下手的目標。

所以你會對我說：「太棒了！讓人欽佩是可以算計出來的？是可以練出來的？這真的有用嗎？」

你必須改變你的態度，表達自己的方式，還有你的姿態，不用扮演別人。慢慢地，你會實現計畫中的第一步。

你會慢慢地蛻變成這個全新的你，夢想中的你。而其他人看你的方式也會改變。

讓自己沉浸在塑造中的新人設裡，或是從心態的轉變開始，讓自己套上新的角色外衣，完美消化，漸漸成為這樣的人。

擺脫昨日的樣子，走自己的路，不讓自己受任何人的影響。

讓人欽佩，就是讓人尊重。

成為讓人欽佩的人，也能間接地在實踐目標的路上，吸引認同你的人的好感與幫助。有些人會想幫助你，就好像也在實現自己的計畫、夢想一樣。

透過實踐計畫，你將會蛻變，就像毛毛蟲蛻變成蝴蝶。

你會變得有吸引力，你會被人需要，在這種情況下你可以善加運用這個優點，以獲得比預期更多的收穫。

亞森．羅蘋低聲對我說……

「我想要成為另一個人，而我做到了。」

達標計畫

什麼樣的態度、才能和思考方式可以成功達標？

記下達成目標所需的要件，

想想如何在計畫中善用這些要素？

Chapitre 17

亞森‧羅蘋為自己的行為負責

Arsène Lupin assume ses actes

出於禮貌，亞森‧羅蘋偶爾會說：「是的，法官，我承認里昂信貸銀行和巴比倫街的搶案，以及銀行假鈔案、保險詐欺案、阿爾梅尼城堡、古黑堡、安布凡堡、葛塞萊堡、瑪拉奇城堡這些案子，全都是本人犯下的。」

「那麼，能不能請您說明……」

「多說無益，我全都承認，若您還要再加上個十倍罪名，我也全都認了。」

《怪盜紳士亞森‧羅蘋——羅蘋越獄》

莫里斯‧盧布朗，1907

為什麼他要躲起來？為什麼他要否認呢？

他喜歡自己的樣子，喜歡自己做的事。羅蘋將作為竊賊當成一種使命、一種生活方式。他為何不承擔最好和最壞的結果？

羅蘋在任何情況下都不會妥協，他絕不會任意運用他獨特的身分。是否只有盜賊不能顯現身分？就算是一位紳士竊賊？

毫無疑問，為自己的行為負責適用於生活中的一切，無論是工作、從事任何活動，合法或非法，實話或是偶爾撒的小謊，在我們做的任何行為之中，總是會有無可避免的瑕疵。

然而與羅蘋不同的是，我們是否準備好全盤接受我們的態度和行為所帶來的後果，而不為所動？這些會對我們的生活和周圍的人產生影響嗎？

我們必須承認，並非總是如此。

然而，承擔是唯一的方式，有時是承擔最好的結果，有時則是最壞的。

是的，我們必須這麼做，必須回應，然後採取行動，這才能讓生活變得更美好。

但為此所付出的代價，有時讓人難以承受。

一整個星期都不在家，全心發展事業，但……只有週末才能見到孩子。

或是沒日沒夜地工作，但……不再有社交生活。

把時間花在「享受人生」上，但……卻因為無法支付每月累積的帳單而痛苦。

為了和愛人重聚而搬到世界的另一端，但……不得不犧牲工作，並承受遠離家人和朋友的痛苦。

大家都知道，每個行為都有它的後果。在為你的行為負責時，需要確定你將付出什麼代價。

在你接下來的計畫中，寫下可能產生的後果，這不是為了讓你氣餒，而是為了讓你充分意識到，你即將接受和承擔什麼樣的代價。

亞森・羅蘋低聲對我說……

「每件事都必須付出代價。」

達標計畫

什麼樣的態度、才能和思考方式可以成功達標？

記下達成目標所需的要件，

想想如何在計畫中善用這些要素？

Chapitre 18

亞森・羅蘋是個狂妄的人

Arsène Lupin est arrogant

亞森・羅蘋：「剛開始，我想遺忘。您別笑，這段歷程當真讓人神迷，我還保留著這些柔情的思念……再說，我的神經有點衰弱！我們的日子過得太緊湊了！要知道，有時候還是得與世隔絕，休養生息。這個地方真是再理想不過了，可以徹底療養身心。」

葛尼瑪探長：「亞森・羅蘋，你在開我玩笑。」

亞森・羅蘋：「葛尼瑪，今天是星期五。下星期三下午四點，我會帶著雪茄，到您在貝戈列斯街上的家裡去看您。」

葛尼瑪探長：「亞森・羅蘋，我等你來！」

《怪盜紳士亞森・羅蘋——獄中的羅蘋》

莫里斯・盧布朗，1907

狂妄，一個今日被譴責的人性缺點，但在亞森．羅蘋的年代，這更像是一場遊戲、一個賭注。

狂妄並非今日我們所說的「態度輕蔑」。

狂妄是把賭注押在自己身上，不顧一切，反對所有支配社會、工作和私人生活……總之，就是我們整個人生的準則。

狂妄在今天比較是自尊的問題，而不是社交的考量，政治正確的高牆使我們無法在任何事情前理直氣壯。

當今，狂妄可能是那些知道自己想要什麼，而且無論風向如何變化都會承擔的「自由人」的最後堡壘，

我再重複一遍，狂妄並不是我們所認為的輕蔑態度。今天對狂妄的定義，是無視所有可能的束縛限制我們正在孕育的計畫，不在意既定的教條。

那麼，在終將逝去的人生，在一個靈魂不過是黏在棍子上的棉花糖，只為了最後在劈哩啪啦的火上燃燒得軟綿綿的世界，有時表現出一點狂妄，難

道不是一種瀟灑、精神自由的證明嗎？

你真的敢說出真心話嗎？你敢把它視為自己生命最核心的本質嗎？

你敢勇敢做自己，做你在這個世界上最渴望的事嗎？

當你身邊的朋友要你穿上輕鬆、隨意，像睡衣般的衣服去吃飯時，你敢穿上最正式的服裝出席嗎？

今天如果不是對自己、內心的慾望與人生夢想的尊重和肯定，那麼什麼是狂妄？

應該受到譴責的，應該是不肯改變的封閉態度。

你為什麼要讓這些一成不變的人的意見和回應影響你？最後他們反而還羨慕你呢！

亞森・羅蘋低聲對我說……

「在貧瘠的靈魂前狂妄，你會變得更燦爛、更有活力。」

亞森・羅蘋的想法

亞森：「最終，方法並不重要，只有結果最重要。」

兒子：「當然，還有愚弄世界的樂趣。」

——亞森與兒子的心聲

Netflix影集《亞森・羅蘋》

達標計畫

什麼樣的態度、才能和思考方式可以成功達標？

記下達成目標所需的要件，

想想如何在計畫中善用這些要素？

Chapitre 19

亞森・羅蘋果斷而堅定

Arsène Lupin est résolu, déterminé

亞森·羅蘋:「老天爺!這有什麼用!這些問題根本就不重要。」

法官:「怎麼會不重要?」

亞森・羅蘋:「當然不重要,因為我根本不會出席這場審判。」

法官:「您的意思是……?」

亞森·羅蘋:「不會,我早就決定不出席,而且絕對不會改變。」

日復一日,羅蘋毫不避諱地表現出勝券在握的態度,這讓執法單位大為氣惱。

《怪盜紳士亞森・羅蘋——羅蘋越獄》

莫里斯・盧布朗,1907

果斷而堅定，不顧一切達成目標，羅蘋就是這麼做的，保持這種精神狀態直到擊敗對手和敵人。

誰可以對自己，以及自己說的話如此肯定？亞森．羅蘋。羅蘋對自己的計畫有著堅定不移的信念，對自己也始終充滿信心。

發生在他周圍的事件如何讓他有絲毫的猶豫和動搖？

道高一尺魔高一丈，這個世界的運作怎麼可能讓羅蘋懷疑自己行為和渴望的正當性？

這就是為何羅蘋會果斷而堅定地完成他的計畫。

因為他已經為任何可能發生的情況做好準備，隨時準備好接受可能打亂計畫的外在因素。

誰能對抗這樣的意志和堅毅？

要怎麼打敗一個有如此堅定不搖信念的人？不可能的，即使敵人試圖打心理戰，也根本不可能阻撓他。

即使是最高級別的政府安全人員也知道，當他們在保護重要人物時，沒有任何東西可以對抗一個已經準備好面對任何事情的決心。

這就是羅蘋用來武裝自己的方式，是他日復一日建立的意志。在一個果斷的人面前，一般人只能觀察、接受，並試圖在他受挫時阻撓他。

葛尼瑪探長對羅蘋無能為力，因為即使他認為自己有，他也無法像羅蘋一樣，堅定地達成自己的目標。福爾摩斯則有這個能力，因為他跟羅蘋一樣，在查案時將決心化成動力。

我們是否像羅蘋一樣有完成計畫的決心？是否能像他一樣為了勝利而果斷地犧牲一切？

這是一個重要的問題，在邁出第一步之前請先問問自己，是否能承擔所有風險？

這不是即將渡水過河還問自己是否會游泳的時刻。

問問自己，你的計畫值得嗎？它和你的夢想一樣重要嗎？你準備好為了計畫全力以赴了嗎？

如果是的話，你就要知道如何放下過去重新開始，因為你將決定成為什麼樣的自己。

亞森．羅蘋低聲對我說……

「下定決心，就是能夠付出一切。」

達標計畫

什麼樣的態度、才能和思考方式可以成功達標？

記下達成目標所需的要件，

想想如何在計畫中善用這些要素？

Chapitre 20

亞森．羅蘋做足準備

Arsène Lupin se prépare longuement

葛尼瑪探長：「這麼說，當時在法庭內的人是你，在這裡的人也是你！」

亞森．羅蘋：「是我，一直都是我，沒別的人。」

葛尼瑪探長：「這怎麼可能？」

亞森．羅蘋：「呵！根本就不必變魔術。就像我們那位好庭長所説的，只要十幾年的長期準備，就可以克服一切障礙。」

葛尼瑪探長：「但你連臉孔和眼睛都變了個樣子？」

亞森．羅蘋：「您很清楚，我在聖路易醫院跟著亞特爾醫師工作了十八個月，這可不是為了對藝術的熱衷。我老早就想到這個有幸自稱亞森．羅蘋的人，有朝一日得擺脱外貌和身分的限制。一個人的外貌可以隨意改變，……有些化學方法能讓鬍子和頭髮快速生長，有些則能夠改變聲音。……另外，我在二十四號牢房裡節食了兩個月，拚命練習咧嘴做出傻愣愣的表情，外加彎腰駝背。最後，我在眼睛裡滴入了五滴散瞳劑讓目光呆滯，便大功告成。」

《怪盜紳士亞森．羅蘋——羅蘋越獄》

莫里斯．盧布朗，1907

花上幾個小時、幾個星期、幾個月研究情勢，仔細琢磨每一個細節，不放過任何機會，這就是羅蘋為每一次竊案所做的準備。

仔細、專業、練習、學習新知、研究歷史，沒有一個地方被羅蘋遺漏。每一次的努力都經過精心計算，對他來說，為了完美達成目標，投入的成本根本不重要。

對他來說，沒有其他方法可以確保他的計畫成功。

努力會獲得結果，好的結果是他努力換來的。

羅蘋就像一個為了奧運而訓練的運動員，過程中有汗水、血水和淚水，但也像其他運動員一樣，將這些辛苦隱藏起來。

要成為一位佼佼者，需要百分之兩百的頑強意志和投入，無論我們是在進行一場世紀竊案或是殖民火星的新創計畫。

面對必要的事前準備，對每個人來說，唯一的問題是：需要準備到什麼程度才能完成我們的計畫？我們願意投入工作到什麼程度，犧牲休息娛樂的時間來換取所需的專業？最後，為了讓夢想從無到有，我們準備以這種方式投資多少個星期，多少個月，甚至多少年？

你還需要多少時間來為自己鋪路？

準備過程所需要的時間、消化你過去的生活和經驗的時間、學習的時間、投入的時間，在你的道路上堅持下去，直到抵達成功的終點。

亞森・羅蘋低聲對我說……

「為了開創人生的另一條道路，必須要有方法。而且現在就要決定，然後啟程。如果你想要成功，請好好準備。」

達標計畫

什麼樣的態度、才能和思考方式可以成功達標？

記下達成目標所需的要件，

想想如何在計畫中善用這些要素？

Chapitre 21

亞森．羅蘋是個玩家

Arsène Lupin est un joueur

這件讓人嘖嘖稱奇的案子充分展現出亞森．羅蘋的詼諧手法，儘管他是個竊賊，卻保持著一顆赤子之心。的確，他的職業是竊賊，憑藉高雅的品味來選擇下手的物件，但他也懂得製造樂趣。他彷彿躲在幕後觀賞一齣親手執導的好戲，還被戲中鋪陳的機智和想像情節逗得呵呵大笑。

《怪盜紳士亞森 羅蘋——亞森．羅蘋被捕》

莫里斯．盧布朗，1907

亞森．羅蘋是一個操控者，喜歡操弄別人的思想，也是魔術師，在他做的事情中找到樂趣，無論是在行竊前或做案後，還是在竊案進行中（這是最有趣的部分）。

他陶醉於設置的陷阱、使用偽裝、易容喬裝來自由行動，經常以旁觀的角度觀賞自己在幾個小時前策畫和犯下的罪行。

亞森．羅蘋既是演員又是觀眾，他愚弄他人，如果沒有這種樂趣，說不定他的竊案就不會這麼有趣。

他像玩吹牛大王或智力遊戲一樣構思計畫。他最喜歡的對手葛尼瑪探長，對他來說就是一個可以永無止境耍著玩的木偶。

他是自己眾多竊案的目擊者和演員，羅蘋喜歡讓自己置身險境的這種刺激狀態。

在亞森．羅蘋的許多故事中，他會為了愛慕的女性的目光而歸還戰利品。對他來說，當他笑不出來或心裡感到後悔時，偷竊就沒有意義了。

亞森．羅蘋的行為是出於慾望，既是出於貪婪，也是出於他的表演欲。這兩者對他來說總是密不可分。

他自娛也娛人。正是由於這種與生俱來的輕挑，他才能駕輕就熟地完成工作。不嚴肅，但全神貫注在準備預防措施，他在自己所冒的風險中自娛，就像他為了欺騙世人而計畫的騙局一樣。

放輕鬆，保持輕鬆和遊戲的心態，無論我們的計畫是什麼，這都是能獲得有用資訊的做事方式。

你預計實行的計畫或你的夢想，這兩者有什麼共同點？

透過這個成就讓自己在未來活得更好、更快樂和獲得樂趣。沒有人會為了一個讓自己不快樂的夢想而努力！我們之所以想付出、想改變自己、想獲勝和超越都是為了更好的未來！

如果你的夢想是為了擁有更美好的明天，為何不從今天開始就像羅蘋一樣走上這條路，活耀在各個計畫中、享受樂趣和在炫耀中找到最燦爛的笑容？

無論你的計畫是什麼，都不用把喜悅放在等待結果，過程或許是你之後最重要的回憶。

這條道路，這個你正在進行的計畫，過程中可能會增加一點遊戲、一點樂趣和許多的笑聲。

亞森・羅蘋低聲對我說……

「永遠不要忘記享受樂趣、享受你正在做的事情，不然就沒有意義了。」

和亞森．羅蘋對話

時間差不多接近午夜，我轉向羅蘋問他：

「羅蘋，如果你有選擇的權利，你會不會重來一次？」

「如果我有選擇？但誰有選擇呢？我只是循著我的道路前進，循著建立我的一切前進。這對我來說已經夠滿足和愉悅了，沒有任何遺憾。」

「不會後悔嗎？」

「一點都不會。如果我有任何遺憾的話，那就是想回到某些時刻。但事實上，一切都是必然的。我所做的一切，所發生的一切都是我的信念和意志導致的結果。除了指謫對方不誠實之外，我還能怪誰呢？我只能感謝生命，並慶祝我獲得的一切。」

「只要對生命有信心是嗎？就這麼簡單？」

「差不多就這麼簡單。」

「什麼意思？」

「我們相信人，然後我們相信神。最後，我們相信自己。你正在對鏡自語：現在你是亞森．羅蘋，無論你做什麼，無論你怎麼生活，你就是我的一部分。你要做的，就是相信。」

達標計畫

什麼樣的態度、才能和思考方式可以成功達標？

記下達成目標所需的要件，

想想如何在計畫中善用這些要素？

Chapitre 22

亞森・羅蘋很瀟灑

Arsène Lupin a du panache

鐸勒伯爵夫人：「先生，據傳雷托・威列特在拿到皇后的項鍊之後，和珍妮・德瓦盧瓦一起拆掉了鑲嵌在項鍊上的寶石，但絲毫沒有破壞鑲座。她知道鑽石不過是裝飾，只是一種陪襯，鑲座才是整件作品的精華，可謂藝術珍品。您覺得竊賊是否也懂得這點？」

佛利安尼騎士：「我相信鑲座還完好無缺，那孩子也懂藝術。」

鐸勒伯爵夫人：「那麼，佛利安尼先生，如果您碰巧遇見他，請轉告他，儘管皇后項鍊上原有的寶石早已拆了下來，但是這件作品仍然代表著鐸勒 - 蘇比斯家族的榮耀，項鍊屬於這個家族，如同家族的名號和榮譽，密不可分，他無權留下項鍊。」

佛利安尼騎士：「我會告訴他的，伯爵夫人。」[……]

第二天，在《法國迴聲報》出現一小段精彩的報導……：

亞森・羅蘋尋獲了名聞遐邇的「皇后的項鍊」。這件遭竊的作品一度為鐸勒 - 蘇比斯家族珍藏，由亞森・羅蘋歸還原主。讓我們同聲讚賀這件發揮騎士精神的義舉！

《怪盜紳士亞森・羅蘋——皇后的項鍊》

莫里斯・盧布朗，1907

為了做而做是沒有意義的，為自己而做已經足夠，但若事情做得瀟灑，可以在自己的生命中，甚至歷史上留下幾段文字。

事情做得瀟灑也是紳士的特色。這顯示出他的睿智，還有如表演般的精彩手法。

這對羅蘋來說，是刻在靈魂裡的天賦。

為盜而盜並不是羅蘋的主要目的。但有格調的偷竊，尤其是從那些不值得擁有該財產的人那裡偷竊，對他來說更像是一種挑戰，一個善舉，甚至是一種正義的形式。

羅蘋的每個竊案都很精彩，因為他讓它們很有格調。而這點對他來說就跟拿到戰利品一樣重要。

這種做事方式讓他受到敬佩，甚至是他的對手，像是葛尼瑪探長或福爾摩斯。

拿捏分寸、保持格調和智慧超越了竊盜本身。正是這種瀟灑讓羅蘋得到了民眾的敬佩，他們在報紙上讀著他的冒險活動，不是作為一個小偷，而是作為一位英雄。

羅蘋不是一個粗俗的小偷，而是個全心投入、瀟灑的盜賊。他的竊案與其說是犯罪行為，不如說是魔術表演、名副其實的花招，每次都讓人期待他再次大顯身手。

我們可以從自己的處事中學到什麼？

無論我們的職業是什麼，我們都不得不與那些沒有遠見、心胸狹窄、小氣、愛算計的人往來，他們願意為了自己的蠅頭小利而做任何事情，並往往以我們的利益為代價。

每個人都有許多機會受到這些自以為聰明的計謀影響，在這種人的卑劣愚蠢之前，人們有時不得不保持沉默。

當我們面對這些可笑的算計時，保持沉默也是一種瀟灑的表現，但不表示我們必須忍受。

對你未來的計畫而言，維持格調和瀟灑的態度將帶來好處。

一些簡單的妥協是沒有意義的，不管是對自己或他人而言，都不會得到回報。

快速更替和隨手可拋在今日許多領域中流行。這個不賦予生產真正價值的趨勢，也不具備熱忱和熱情。

你的人生計畫、你的夢想，難道不值得用格調和熱忱來實踐？用充滿魅力、美麗的姿態與慾望來實現？

然而，沒有這種瀟灑的態度，如何能夠帶領那些你需要和珍惜的人？

沒有這樣的態度，如何讓人為你著迷、肯定你，最後在你的行動中大放異彩？

亞森．羅蘋低聲對我說……

「你偷來的鑽石如果沒有上千個切割面在閃耀，那就沒有任何價值。」

達標計畫

什麼樣的態度、才能和思考方式可以成功達標？

記下達成目標所需的要件，

想想如何在計畫中善用這些要素？

Chapitre 23

亞森・羅蘋追求簡單

Arsène Lupin va au plus simple

葛尼瑪探長：「首先，我想知道這件案子究竟是不是你一手策畫的？」

亞森・羅蘋：「從頭到尾都是。」

葛尼瑪探長：「那封警示信和電報也是？」

亞森・羅蘋：「都是在下。我應該還留著收據。」羅蘋打開小木桌的抽屜，拿出兩張揉成一團的紙條交給葛尼瑪。這張白色的小木桌，加上矮凳和床鋪，便是牢房裡僅有的家具。

「怎麼可能！」葛尼瑪探長大聲說，「我以為你在獄中受到嚴密的監督，還得搜身，結果你不但有報紙可讀，還留有郵局的收據……」

亞森・羅蘋：「哎！這些傢伙太蠢了！他們拆開我外套裡的襯裡，還檢查我的鞋底，沒事還敲打牆壁，看我有沒有把東西藏在裡頭，他們根本沒有想到亞森・羅蘋會把東西收在最明顯的地方。我早就看穿他們的心思。」

《怪盜紳士亞森・羅蘋——獄中的羅蘋》

莫里斯・盧布朗，1907

羅蘋並不追求複雜的手段。就像魔術師使用的方式，驚人的表演有時反倒是使用最簡單的手法與效果以瞞過觀眾。

羅蘋只講求一件事：效率。

如果必須用成千上萬的策略和計謀來達成目標，那麼他會這麼做，好讓整個計畫完美執行。

但如果採取最簡單的行動就能達到同樣的結果，他會選擇最簡單的方式，在大家的眼皮底下完成竊案。

構思一個複雜的計畫不等於有智慧，也不等於深謀遠慮，更不能保證結果完美。

計畫裡不需要沒用的環節，因為有一小部分的環節可能會帶來麻煩。

正如任何一個米其林星級廚師都會說：「任何好的食譜都需要好品質的食材，這是最基本的。接下來添加的任何東西都只是為了讓菜色更精緻，而不是修正菜餚的品質。」

維持簡單往往最困難，無論是戰略、食譜或音樂創作。

我們都有將工作或研究複雜化的傾向，添加沒用但看似令人安心的元素，比如說使用大量額外的理由拐彎抹角的表達我們的意圖、想法，這些都只是為了支撐自己，讓自己安心。

而這一切出自於自我懷疑。

就像雕塑家透過切割石頭來呈現它的美一樣，我們也必須清除計畫中所有不必要的複雜環節，因為正是這種複雜性，才導致失敗。

你的計畫應該是流暢的，沒有阻礙也沒有困難。

計畫中的風險不應靠複雜的策略來解決，而是要讓它成為你獲得勝利的動力。

亞森．羅蘋低聲對我說……

「當你知道自己真正的需要時，尋求能達成目標的最簡單方式，疑慮就會消失。」

達標計畫

什麼樣的態度、才能和思考方式可以成功達標？

記下達成目標所需的要件，

想想如何在計畫中善用這些要素？

Chapitre 24

亞森・羅蘋人如其行

Arsène Lupin est ce qu'il fait

怪盜紳士故事的敘述者，同時也是亞森· 羅蘋的密友談到羅蘋告訴他：「其實連我都不知道自己是誰，就算照著鏡子看，也認不出來。」這句話聽來好笑，而且充滿矛盾。但是對於見過羅蘋，卻不了解他的神乎其技、耐心、化妝術，以及他有能耐改變五官的人來說，這個說法的確不假。

羅蘋還說：「為什麼我只能擁有一張臉？同樣的相貌總是會帶來風險，我何不想辦法改變？我的一舉一動都說明了我是誰。」他甚至帶著驕傲的語氣說：「如果沒有人可以確切指認出亞森·羅蘋，那不是更好嗎？重點是大家都可以毫無疑問地說：『絕對是亞森·羅蘋幹的！』」

《怪盜紳士亞森·羅蘋—羅蘋被捕》

莫里斯·盧布朗，1907

有句諺語，大致是這麼說的：「成就一個人的是他的行為，而不是他說的話。」

亞森．羅蘋出色的詮釋了這句古老的諺語。

我們有時會傾向於到處訴說，而不是起身去做並讓別人來歌頌。總是有人關注著我們的行為。有時是欽佩的眼光，有時是羨慕、驚訝或冷漠，甚至是愛意。不需要大肆宣揚，這些目光始終是我們行為的見證。在一個有行動力的人面前，即使是最冷漠、最富敵意的人也不會有膽量去貶低他。就算要詆毀，也是針對行為，而不是個人。

他人的批評、評價、揣測，喜歡或不喜歡我們做的事情，都是他們的事。只要我們保持沉默繼續做，他們就不會漠不關心。

沒有誰比我們周圍的人更愛對我們說三道四和批評，但你只要做自己，你就成了人們的話題。什麼都不用說，你就成了世界的中心。

我們親愛的羅蘋給我們的第二個點子，就是可以讓自己擁有幾種不同生活的可能性。為什麼要讓自己總是一成不變？

在不違背內心本質的情況下，羅蘋在此向我們提出了一個富有寓意的問題：為什麼我們滿足於今日這個一成不變、等死的自己，活在同樣的軀殼、同樣的地方，困於不總是讓我們開心的枷鎖，但我們卻為此感到滿足？

閱讀《亞森．羅蘋》，我們學會在生活中、在自己訂下的計畫中、在每一刻的渴望中質疑自己。

是誰禁止我改變我的生活、為我的未來建立一個新的計畫？

是誰？沒有人。誰在阻止我？沒人，除了我自己。

那麼，如果我們的所作所為代表我們是誰，如果別人只看到我們的行為，為什麼不現在就做你想做的事，成為真正的自己？

亞森．羅蘋低聲對我說……

「你的行為自然會決定你是誰，不用多說，做就對了。」

亞森．羅蘋的想法

亞森：「你小看我了，因為看不到我。你是看到我了，但是你沒把我放在眼裡。就像他們一樣。」

地下錢莊：「他們是誰？」

亞森：「我幫他們工作的人。當我們在這端生活，而他們在那端生活。我們在底層，而他們在高處。多虧了這些，我們將會變得富有。」

Netflix影集《亞森．羅蘋》

達標計畫

什麼樣的態度、才能和思考方式可以成功達標？

記下達成目標所需的要件，

想想如何在計畫中善用這些要素？

Chapitre 25

亞森．羅蘋忠於自己

Arsène Lupin reste fidèle à lui-même

葛尼瑪探長：「你現在有什麼打算？」

亞森．羅蘋：「現在呢，我要好好休息，回復我原有的面貌。化身為波杜或其他人沒什麼不好，這就像換衣服一樣，改變自己的性格、外貌、聲音、眼神以及筆跡，但是到最後，恐怕會迷失自己，這未免太傷感。事實上，我能夠體會失去自己的感受。我要出發去尋找自我……重新找回自己。」

《怪盜紳士亞森．羅蘋──羅蘋越獄》

莫里斯．盧布朗，1907

就算亞森·羅蘋出於需要必須變身，但他還是需要找回內心深處的自己，以免失去自我。

他不扮演任何角色，但基於需求，必須在身體或心理上改變自己，這是為了執行他的竊盜計畫，也是為了保護自己的寧靜生活而隱姓埋名。

在他的冒險過程，這位怪盜紳士會特別越界到另一邊，讓自己成為一位偵探。

但是當他運用自己的聰明才智追捕歹徒以保護老弱婦孺，並拯救前來求助和需要解救的年輕女性時，他的本質真的改變了嗎？

不，羅蘋還是老樣子。堅守他的道德和原則，他一直是個有良心的竊賊。他只向那些獲得不義之財的人們下手。

他扮演的角色、才智與機敏，以及道德感運用在正義的方式都受到人們的喜愛。

然而，他必須堅持自己最深處的本性，才不會在某個角色中迷失自己。

忠於自己，忠於原則，沒有什麼能使羅蘋偏離他為自己設定的路線。

如果說人性是起伏不定的，心理狀態有時會隨著情況而變化，我們欣賞羅蘋的，是他的正直，以及忠於自我。

沒有什麼能讓羅蘋改變原則，或使他讓步，他堅持做自己。

在我們身邊，有多少人有這種特質？

這些人給我們什麼感覺？他們有什麼共同點？

信任感。他們給人的信任感，使我們可以直覺地相信他們。

生活使我們不斷地變化，但這不表示我們必須背棄說過的話、過往的想法或曾經做過的事。

在這些條件下，人們如何相信我們？

忠於自我、忠於自己的本性、忠於自己的原則、忠於自己的價值觀和想法，當你執行計畫時，遇到的所有人將對你有信心並且信任你。

當你言行一致時，事情將變得更容易。

無論發生什麼事，我們只能與自己妥協，那為何要將自己和自己的本性分開？為何要分化自己？

沒有什麼值得我們失去自我，榮耀不行，金錢也不行，因為這些都是曇花一現，我們終將以真面目示人。

亞森．羅蘋低聲對我說……

「我們能觀察到的自己，只有我們呈現出來的樣子，其他全都是想像。」

達標計畫

什麼樣的態度、才能和思考方式可以成功達標？

記下達成目標所需的要件，

想想如何在計畫中善用這些要素？

Chapitre 26

亞森‧羅蘋
可以為愛犧牲

Arsène Lupin peut se sacrifier aux sentiments

亞森‧羅蘋：「哈！這位先生在開玩笑吧！可能是忘了當初怎麼逮到我的。親愛的朋友，您要知道，如果我不是在那個關鍵時刻為了某位重要人士分心，任何人——包括您在內，都不可能碰我一根汗毛。」

葛尼瑪探長：「我才不相信。」

亞森‧羅蘋：「當時，我心愛的女子正凝視著我。您知道這是什麼感覺嗎？我可以發誓，其他的一切都不重要了。這就是我為什麼會入獄。」

《怪盜紳士亞森‧羅蘋——獄中的羅蘋》

莫里斯‧盧布朗，1907

亞森．羅蘋很迷人，是一個有魅力的人，他喜歡女性，更喜歡用他的神祕感籠罩她們，用他的紳士風度取悅她們。

儘管如此，他不是那種低級的追求者，也不會私下阿諛諂媚。他全心全意的愛，帶著溫柔和希望而沒有懷疑。

他知道那些沒有結果的愛情，以及當愛情逝去時的心碎。羅蘋為了一個他有著深切愛意女人的簡單眼神，而犧牲自己的自由，無怨無悔，只為了充實地活在那一刻。

這只是小說裡的情節嗎？還是我們每個人都會夢想——生命中出現這樣的時刻？

我們是否有時應該像羅蘋一樣，為了感情而犧牲自己？這是有可能發生的，無論如何都要盡一切努力保護我們的感情。

愛情可以是人生的一個計畫，但也有可能，我們的個人或職場計畫需要我們相當程度的付出，而犧牲了情侶關係或愛情，這些生活中很大一部分幸福的來源。

無論我們是為了他人還是自己，都要小心不要因為追隨自己的計畫而傷害了愛情，和應該給予對方的關注。再珍貴的鑽石都不值得你犧牲愛情。

或許只要將對方加到你的計畫，讓他參與，把它變成一個幸福劇本並且不影響生活的平衡。如果你的伴侶為你帶來動力和不同角度的觀點，可能會更有趣。

情感上的支持能讓我們的羽翼更加茁壯，使我們在計畫中更大膽，而且走得更遠。

愛情是一個強大的動力。

如果沒有愛、沒有分享、沒有感情，有什麼計畫值得我們在孤單和孤獨中進行？

生活中可能會有這樣的時刻，但不會持續太久，因為就算我們的計畫是為了自己，也同樣渴望能夠分享出自我們靈魂的東西。

亞森・羅蘋低聲對我說……

「帶著愛行動，為了愛付出，就是我們為生命所做的一切。」

達標計畫

什麼樣的態度、才能和思考方式可以成功達標？

記下達成目標所需的要件，

想想如何在計畫中善用這些要素？

Chapitre 27

亞森．羅蘋
追隨他的志向

Arsène Lupin suit sa vocation

鐸勒伯爵夫人：「……這個孝子的故事讓我非常感興趣，也很高興知道自己的項鍊有如此正向的轉折。但是，您難道不認為……這位安麗葉夫人的兒子是天性如此嗎？」

明白夫人話中帶刺，佛利安尼不禁打了個哆嗦，他說：「我相信這孩子就是有如此強韌的天性，才不至於頹廢喪志。」

鐸勒伯爵夫人：「怎麼說呢？」

佛利安尼騎士：「您也知道的，項鍊上鑲嵌的寶石大多是贗品。除了幾顆從英國珠寶商手中買下的鑽石外，其他的寶石早就被變賣應急了。」

鐸勒伯爵夫人：「然而，這件首飾終究還是皇后的項鍊。我認為安麗葉的兒子永遠無法理解這個重點。」伯爵夫人高傲地說。

佛利安尼騎士：「他應該知道，夫人，無論是真是假，這條項鍊只是用來炫耀的象徵。」

《怪盜紳士亞森·羅蘋——皇后的項鍊》

莫里斯·盧布朗，1907

知道我們為何而生，找出原因並追隨生命中的這條道路。有時候需要花一點時間，有時候我們需要測試，並且嘗試許多不是我們天職的行業，但這造就了我們、讓我們成長，累積多元且不同的經驗。這些經驗會交織在一起，互相呼應與消長。

要找到自己的志向可能是一條漫長且必然的道路，找出我們為何而生，是什麼驅使我們每天早上都能夠自動自發地起床，而不需仰賴其他動力或勉強自己。

這個志向就是當我們每天睜開眼睛時，它會理所當然地浮現，是吸引我們離開溫暖被窩的動力。

每個人的價值都是無法計算的，這是不可能欺騙自己的。因為我們都有自己的角色和位置。

只要我們的志向是模糊的、不確定的，我們所做的事情就不會有明確的定義，只會在日常生活中感到辛苦並且痛苦的醒來。每一刻的辛勞都壓在我們的腦海及身上。

儘管意識到自己的能力和弱點已經能讓我們很好地了解自己是誰。然而，這並沒有辦法成為我們邁向幸福和想做的事情的動力。總而言之，這一切讓我們從經歷中找到自己的位置，並有辦法面對最困難的時候，我們是如此活著。

不僅是一個職業、一份工作或知識，找到自己的志向，就能永遠地處於適合自己的狀態。

因此，無論發生什麼事，像羅蘋那樣重新站起來只是時間、意志、邏輯和計畫的問題。

青春期的詩句、第一部小說、網站上的每日諷刺社論、宣傳口號等等，想起自己十幾歲時第一次撰寫的文字。

寫，每天寫，就僅僅是每天持續寫。

做了這麼多年的工作，摸索了這麼多方向，只有寫作是我多年來仍然努力不懈的堅持。我還要嘗試多久，還要等多少年才接受它？

冒著風險不顧一切地走自己的路，就算困難重重依舊吸引著我。

你呢？就算你現在不相信，但在你內心深處是否也有慾望正在燃燒？你想成為什麼樣的人？或有什麼未說出口的夢想？

當你因為憂心忡忡而失去自信，是否就是背叛自己？

這個志向必須成為計畫的核心，因為當你必須調整自己以順應事情的變化與發展時，它會是你無窮的動力。

你真的認為只有天才才會努力執行計畫自我超越嗎？每天晚上都有一個小小的聲音在他們的枕邊建議他們該怎麼做？

這個世界沒有天才，只有相信自己的人，以及有自信能夠完成夢想的人。

相信自己，就是遵循自己的志向。

如果你現在問自己：「什麼是我的志向？」

重拾你的步調，想想什麼是你一直關注的、一直被吸引的領域、主題、議題、專業，那個你總是斷斷續續觸碰的領域，就是你的志向。

亞森·羅蘋低聲對我說……

「天才，就是誠實做自己，不撒謊。」

和亞森・羅蘋對話

已經差不多接近午夜了，我轉向羅蘋問道：

「羅蘋，在你的人生中有什麼後悔的事嗎？」

「有啊，所有我沒時間做的事。我選擇最重要的事情，但時間過得太快了，生命就像一道閃電。這或許是我所知道的，我生命中唯一的障礙，就是意識到自己沒有時間做所有的事。」

「全部都想做或什麼都不做，這是我今日看到的情況，相信我們這個世代都可以這樣二分。但沒有人被歸類在「最重要的事情」那邊。」

「只要做你想做的事情，不分類，僅僅是在有限的時間內，全力以赴實現夢想。」

「那麼除了你沒時間追求的事情之外，都沒有後悔囉？」

「也有一些感情，一些沒有結果，只有開始卻沒有未來的愛情。這些也需要時間，或許我從來沒有投入過時間好好經營。也或許我的人生只有我的計畫，而非擔憂逝去的歲月和不斷增長的年紀。」

「難道我們不能擁有一切？」

「這是時間的問題，我們擁有多少時間，以及如何使用。每個人要找到自己的優勢、慾望和最佳平衡狀態。竊取世界上最美的鑽石就像是經營一段穩定的愛情和一個溫暖的家庭，都需要個人的時間和投資，是一種生活的選擇。」

「如果有人什麼都要呢？」

「一下子在世界上偷了這麼多東西，真不愧是亞森・羅蘋啊！我有我的職責。剩下的就留給其他人吧。就算我死了，精神仍會留下，這就值得了。」

達標計畫

什麼樣的態度、才能和思考方式可以成功達標？

記下達成目標所需的要件，

想想如何在計畫中善用這些要素？

Chapitre 28

亞森・羅蘋充滿魅力

Arsène Lupin est attirant

在這段期間，大眾對於這次審判的好奇並沒有消退，每天仍然期待聽到羅蘋越獄成功的消息，羅蘋以他的氣魄、感染力、變化多端的面貌、出奇創新的想法和神祕的生活，深受大眾喜愛。亞森・羅蘋必須逃脫，這是必然的事實。如此不斷地拖延，已經讓大家十分意外。

《怪盜紳士亞森・羅蘋——羅蘋越獄》

莫里斯・盧布朗，1907

亞森．羅蘋就像一塊磁鐵，吸引所有人的好奇心和敬佩。我們就像期待一個超人，看待他如一個超級英雄。他是每個粉絲都想成為的樣子。

他是個小偷，但他仍是大家嚮往的角色。

就像我們之前提到的，他不只讓人欽佩，還有一個才能，就是儘管犯下了罪行，他還是獲得大眾的同情。

既然無法成為亞森．羅蘋，誰不想像莫里斯．布朗一樣成為亞森．羅蘋的密友？

誰不想像羅蘋一樣，在現身光明之前，隱身於黑暗之中？

為了讓計畫奏效，無論你的目標是什麼，你都必須像羅蘋那樣吸引人，而不是讓人討厭。

要做到這一點，必須展示自己而不是隱藏自己，要誘惑而不是尖酸刻薄，在獲得之前先付出，用你的點子和想法帶來驚喜，接受你的不同，將自己展現出來，保持愉快的心情並喜愛他人。

是的，喜愛。像亞森．羅蘋一樣，在你細微的行為中展現愛。

只有那些敢於付出的人，才有自然的吸引力，因為他們天性寬厚。而這和那些用華麗外表裝飾自己的人不一樣，因為他們最終只會招來嫉妒的蒼蠅。

就像羅蘋，有些人有能力組織結盟、讓大家對他有信心，單純分享夢想而不煽動、要求或強加自身的想法。正是這個極為重要的優點，讓我們知道要如何運用在人生的道路上。想要吸引人，必須被喜愛；想要被喜愛，必須先去愛。

問題是，我們是否足夠喜愛自己正在做的事、是否喜愛其他人，以及那些我們向他展示計畫的人？我們是否足夠愛自己並能接受他人的愛？我們夠吸引人嗎？

這或許就是亞森．羅蘋的祕密之一，他愛自己，因此可以很容易地喜愛他人，而那些看著他做事情的人也喜愛他。

亞森．羅蘋低聲對我說……

「永遠不要對未來感到憤怒，因為未來讓人害怕又如此迷人。」

達標計畫

什麼樣的態度、才能和思考方式可以成功達標？

記下達成目標所需的要件，

想想如何在計畫中善用這些要素？

Chapitre 29

亞森．羅蘋痛恨暴力

Arsène Lupin déteste la violence

亞森·羅蘋在他母親臨終前對她說:「媽，你不要相信他們說的，我手上沒有血，永遠不會有。」

電影《亞森．羅蘋》

尚-保羅．沙洛梅執導，2004

亞森．羅蘋：「我想您是卡薩巴赫聯合銀行的卡薩巴赫先生，我是亞森．羅蘋。」

銀行經理：「求求你，不要殺我。」

亞森．羅蘋：「不要相信報紙上寫的，我是一個講究的神偷，血腥令我反感。」

銀行經理：「就是這裡，22 號箱。」

亞森·羅蘋:「那現在，卡薩巴赫先生，我們做最後一次努力吧，這裡？這裡？還是這裡？……密碼是什麼？」

電影《亞森．羅蘋》

尚-保羅．沙洛梅執導，2004

亞森．羅蘋的每一樁竊案，他都用想像、詭計、準備、計謀、製造錯覺和預測，替代了所有侵略性的、武力或暴力的形式來執行他的計畫。

亞森．羅蘋是一個小偷，但是一個仁慈的小偷。就算擅長從父親那裡學來的格鬥術，他也只用來保護自己，從不用在執行計畫上。

就像Netflix影集《亞森．羅蘋》劇中火車上的橋段一樣，有時候他可能不得不打上一架。

影集中，當亞森帶著家人去埃特勒塔*1時，在一個敏感的情況下，為了保護家人，他別無選擇，只能在車廂後和佩里格尼*2的手下打鬥。

沒多久後，敵人回來用槍威脅他們。此時再靠打架就沒有辦法了，於是亞森用他的詭計救了家人。

透過一個簡單的電話短訊，亞森約了正在追他的警察，告訴他火車上穿著米色大衣的人就是從羅浮宮偷竊項鍊的保羅．塞寧。亞森把一顆幼時好友拆卸下來的項鍊寶石偷偷地放到敵人的大衣口袋。當火車進站時，對方立刻被當成亞森遭警察逮捕。

當亞森在火車上手無寸鐵的被逼到角落時，他上演了莫里斯．盧布朗撰寫的《怪盜紳士亞森．羅蘋——神祕的旅客》情節，在保護家人的情況下逃脫，而且沒有使用武器或暴力。

羅蘋可以透過不同的方式違反法律，卻從未造成傷害。

他隨機應變，從不接受現況。像上述緊張壓力的時刻，他在閃躲的同時，瞬間將劣勢與恐懼轉換成計謀以順利逃脫。

羅蘋不喜歡傷害別人，尤其是女人。甚至在影集中，亞森離開佩里格尼的女兒時，在最後吻別的時刻，像是為了道歉，他將她的臉捧在手上，在她不知情的狀況下，在她的耳朵戴上了一副耳環。

無論是身體或語言的暴力，是否有助於我們達到目的？

從來沒有。

打架只是為了自衛。有時必須學會放手才能向前邁進。

譯注

❶臨大西洋的埃特勒塔（Étretat）是法國諾曼第區的小鎮，擁有壯麗的象鼻海岸而聞名全世界。也是《怪盜紳士亞森．羅蘋》作者莫里斯．盧布朗的故鄉。

❷佩里格尼即為誣陷亞森的父親盜竊項鍊而使他於獄中自盡的巴黎富豪。

為了完成計畫，我們必須學會保持冷靜。言語和行為的暴力只會導致死路一條。

就算有時候我們想發洩，想扳倒那個把我們帶到愚蠢混亂裡的傢伙，但這也只是短暫的慰藉。無論如何，我們的計畫都不會因此而有進展，只是在浪費時間。

你不需要大喊大叫才能被聽到，你的行為會為你說話。

你要溫柔地使用和釋放你的力量。

你可以談判、評斷，但千萬不要鬧彆扭。

用建議取代強迫。

用提醒取代命令。

戰鬥中永遠沒有贏家。

你唯一要打的仗，就是為你的夢想而戰。其餘的都不值得一戰。

亞森・羅蘋低聲對我說……

「立在那裡的牆是讓我們學習如何繞過它，而不是去衝撞它。」

達標計畫

什麼樣的態度、才能和思考方式可以成功達標？

記下達成目標所需的要件，

想想如何在計畫中善用這些要素？

Chapitre 30

亞森·羅蘋是一隻貓

Arsène Lupin est un chat

克拉瑞斯：「為什麼要取名勞爾·德安荷西？亞森·羅蘋不是比較好嗎？」
亞森·羅蘋：「亞森·羅蘋或勞爾·德安荷西都不重要！重要的是能像貓一樣逃脫！」
克拉瑞斯：「是沒錯，但是貓有九條命！」
亞森·羅蘋：「我有更多條命！」

電影《亞森·羅蘋》

尚-保羅·沙洛梅執導，2004

毫無疑問，亞森．羅蘋是一隻貓，甚至是一隻總是浴火重生的鳳凰，始終能逃脫險境。尤其是當我們這些卑微的觀眾追隨著他的冒險時，根本無法想像他要如何走出僵局。一切看起來幾乎是不可能的。

然而就在這個時刻，羅蘋彷彿魔杖一揮，他耗費時間精心安排，翻轉局勢的計畫在此展開。

就像我們無法理解和體會那些激勵貓的動機一樣，我們也無法理解和體會那些激勵亞森．羅蘋的動機。

我們可以試著讓自己了解他們複雜的動機，試著想像和他們一起經歷冒險，思考這三十個羅蘋的特點可以如何運用在我們計畫中。

對於這一切，亞森．羅蘋保留了那個不可觸及的部分，就像是一隻神祕的貓。

從這個意義上來說，他像一個磁鐵般吸引我們，讓我們有時會想成為跟他一樣的人。

在花了很多時間分析貓的姿態之後，我清楚地意識到，羅蘋也在許多時候，借用了貓的行為作為靈感。

披著這樣的神祕面紗，他履行了對我們的承諾：變成跟他一樣的人，甚至比他更好。

貓有九條命，羅蘋也是。他們依次地出現和消失，像羅蘋的生命、我的生命或你的生命。

一個充實而完整、充滿變化、提出各種問題和計畫的生命，

現在，在你的第一條生命之後，你會怎麼迎接和規畫你的第二條生命呢？

你是否準備好像亞森．羅蘋一樣抹去昨天，只為今天而活？

或是無論選擇了什麼方向，都能站穩腳步？

你是否像羅蘋一樣，以一隻貓的姿態，等待著重獲自由後的新生活？

亞森．羅蘋低聲對我說……

「當一隻貓就是為了自由而獨立，並能在任何時候重新開始你的生活。」

和亞森．羅蘋對話

已經差不多接近午夜了，我轉向羅蘋問道：

「告訴我，羅蘋，你的生活讓你感到快樂嗎？」

「快樂？我不知道。但我十分滿意，就算在我的生活中仍有些空白的頁面，但我們能擁有全部嗎？這不是人生，我們一生中無法做完全部的事。但是我們至少可以在有限的時間裡實現夢想和願望。」

「空白的頁面？」

「我的祕密，你難道沒有別人永遠不會知道的祕密？」

「有。」

「那保守著你的祕密，它是使你發光的黑暗面，不然你就會很乏味。」

「你是否相信有來生，或有第二個生命，不管它們是什麼形式？」

「我相信自己今天所擁有的生活。這並不妨礙我相信我想相信的東西。

但是，我為什麼要把寶貴的時間花在擔心，或為了明天的生活而裹足不前呢？」

「但或許……」

「把生命用來等待死亡和忍受，是不熱愛自己的生活。為何不簡單的改變它，轉個念，只要你願意，何不從今天開始享受生活？」

達標計畫

什麼樣的態度、才能和思考方式可以成功達標？
記下達成目標所需的要件，
想想如何在計畫中善用這些要素？

總　結

在這裡寫下各章節中所記下可以在你計畫中用到的元素。

計　畫

現在按照邏輯與時間順序來規畫你的行動計畫。

步驟：

1.

2.

3.

現在，你已經準備好了，剩下的就是著手進行。
勇於冒險、大膽嘗試、別著急，按照自己的計畫一步一步地邁向成功。
成為你自己，你現在就是亞森．羅蘋。

溜走之前，羅蘋低聲地對我說：
「如果有一天你感到懷疑，請記得，我一直都在你的內心深處。」

— 個人筆記 —

— 個人筆記 —

- 《傳奇故事》（*Légendes à la con*），插畫重編版，First Éditions，2020
- 《這是席哈克》（*C'était Chirac*），Éditions de l'Opportun，2019
- 《像貓一樣反應與思考》（*Agir et grandir comme un chat*），Albin Michel/Éditions de l'Opportun，2019
- 《像貓一樣反應與思考——第二季》（*Agir et penser comme un chat – Saison 2*），Éditions de l'Opportun，2019
- 《我決定要過得開心，這樣對身體健康有益》（*J'ai décidé d'être heureux... c'est bon pour la santé*），Éditions Ideo，2019
- 《關於貓的500句話》（*Le chat en 500 citations*），coll. Poche，Éditions de l'Opportun，2019
- 《貓的因果》（*Karma of cats*），多作者著作，Sounds True Editions（US），2019
- 《吹牛不被揭穿》（*Péter sans se faire griller*），Éditions Tut-Tut/Éditions Leduc.s，2019
- 《這樣結束真的太蠢了！》（*C'est vraiment trop con de finir comme ça !*），Éditions de l'Opportun，2019
- 《你的人生從掛上電話那一刻開始》（*Off – Ta vie commence quand tu raccroches*），Éditions de l'Opportun，2018
- 《像貓一樣反應與思考——練習簿》（*Agir et penser comme un chat – Cahier d'exercices*），Éditions de l'Opportun，2018

BIBLIOGRAPHIE
參考書目

- 《像小王子一樣反應與思考》（*Agir et penser comme le Petit Prince*），《小王子》出版75週年紀念， Éditions de l'Opportun，2021
- 《30天變成一隻貓》（*30 jours pour devenir un chat*），Éditions de l'Opportun，2021
- 《做個小孩！》（*Faites des gosses !*），First Éditions，2021
- 《像個超級英雄一樣衝衝衝！》（*Clasher comme un super héros !*），Éditions de l'Opportun，2021
- 《30天擺脫對失敗的恐懼》（*30 jours pour me débarrasser de ma peur de l'échec*），Éditions de l'Opportun，2021
- 《預言的（非常）微妙藝術》（*L'art (très) délicat des prédictions*），Éditions de l'Opportun，2021
- 《像貓一樣反應與思考》（*Agir et penser comme un chat*），Poche, Éditions Le Livre de poche，2020
- 《我決定要自由，這對健康很好！》（*J'ai décidé d'être libre... c'est bon pour la santé*），Éditions Ideo，2020
- 《超級話術》（*Je cartonne à l'oral*），Éditions de l'Opportun/L'Étudiant ，2020
- 《像龐德一樣反應與思考》（*Agir et penser comme James Bond*），Éditions de l'Opportun，2020
- 《間諜，大大小小的祕密》（*Espions, petits et grands secrets*），Éditions de l'Opportun，2020
- 《抗議的最佳標語》（*Les meilleurs slogans de manif*），First Éditions， 2020

- 《人才》（*Perles de People*），First Éditions，2015
- 《無拘無束的人》（*L'homme sans contrainte*），Éditions Max Milo/Alphares，2014
- 《那裡有海洋》（*Il y a l'océan*），TdB Editions，2009

作者網站與社群媒體

www.stephanegarnier.com

www.facebook.com/stephanegarnier.officiel

www.linkedin.com/in/stephanegarnier

www.instagram.com/stephane.garnier.auteur

篇名頁引言出處

本書部分篇名頁引用的亞森・羅蘋故事段落與人名援用下列書籍譯本，以利讀者對照與搜尋，並依本書作者摘錄的原文段落，酌加修潤後引用。

- 亞森・羅蘋冒險系列01《怪盜紳士亞森・羅蘋》，譯者蘇瑩文，好讀出版
- 亞森・羅蘋冒險系列04《奇巖城》，譯者蘇瑩文，好讀出版

- 《貓的百科全書》（*Catissime, l'encyclopédie du chat*），Éditions de l'Opportun，2018
- 《#平衡你的男子氣概—— 厭女症的奧斯卡獎》（*#Balancetonmacho – Les Oscars de la misogynie*），Éditions Tut-Tut/ Éditions Leduc.s，2018
- 《你胖了幾公斤？跟大家一樣的九個月孕期》（*T'as pris combien? 9 mois comme tout le monde*），Éditions Tut-Tut/ Éditions Leduc.s，2018
- 《歡迎來到北國》（*Bienvenue dans Ch'nooord*），Éditions Tut-Tut/ Éditions Leduc.s，2018
- 《超級小氣鬼》（*Super Radin*），Éditions de l'Opportun, 2017
- 《像貓一樣反應與思考》（*Agir et penser comme un chat*），Éditions de l'Opportun，2017
- 《關於貓的500句話》（*Le chat en 500 citations*），Éditions de l'Opportun，2017
- 《我的懶人生活模式》（*Ma vie en mode Feignasse*），Fergie & Stéphane Garnier，Éditions de l'Opportun，2017
- 《小梅隆雄如何成為大人物》（*Comment le Petit Mélenchon est devenu le plus grand !*），Éditions de l'Opportun, 2017
- 《傳奇故事》（*Légendes à la con*），First Éitions，2017
- 《優雅的戰鬥》（*La lutte, c'est classe !*），First Éditions，2016
- 《政治人才》（*Perles de politiques*），First Éditions，2015

心靈方舟 0AHT4040

像亞森．羅蘋一樣反應與思考（暢銷紀念版）Agir et penser comme Arsène Lupin

作者　史蒂芬．加尼葉（Stéphane Garnier）
譯者　何桂育
封面設計　Encre Design
內頁插畫　Active Creative Design
內頁設計&完稿　小草
特約編輯　張宜倩
企畫統籌　一起來合作
行銷主任　許文薰
總編輯　林淑雯

出版者　方舟文化出版
發行　遠足文化事業股份有限公司
231 新北市新店區民權路108-2號9樓
電話：（02）2218-1417　傳真：（02）8667-1851
劃撥帳號：19504465　戶名：遠足文化事業股份有限公司
客服專線　0800-221-029
E-MAIL　service@bookrep.com.tw
網站　www.bookrep.com.tw
法律 顧問　華洋法律事務所 蘇文生律師
定價　360元
初版一刷　2022年10月
二版一刷　2024年 3 月

方舟文化讀者回函

方舟文化官方網站

特別聲明：本書中的言論內容，不代表本公司／出版集團之立場與意見，
文責由作者自行承擔。
缺頁或裝訂錯誤請寄回本社更換。
歡迎團體訂購，另有優惠，請洽業務部（02）22181417 #1124

國家圖書館出版品預行編目（CIP）資料
像亞森．羅蘋一樣反應與思考（暢銷紀念版）/ 史蒂芬．加尼葉（Stéphane Garnier）著；何桂育 譯.
-- 二版. -- 新北市：方舟文化出版：遠足文化事業股份有限公司發行, 2024.03
256面；14.8×21公分
譯自：Agir et penser comme Arsène Lupin
ISBN 978-626-7291-92-4（平裝）
1.CST：自我實現　2.CST：潛能　3.CST：創意
876.2　112022832